唱首情歌給誰聽

一首情歌，是一段美麗的記憶，
鳥兒啁啾，風兒低吟，我，想起你，
情歌緩緩流洩，我彎起嘴角弧線，
隨著那曲旋律，憶著一段段美麗的畫面。
在一室溫暖中，
晴菜、瑪兒、洛心、Putin、Singingwind、
Yuniko、薄荷雨、穹風、玉米虫
瑪奇朵、Vela，
輕輕吟唱動人情歌，請你細細聆聽。

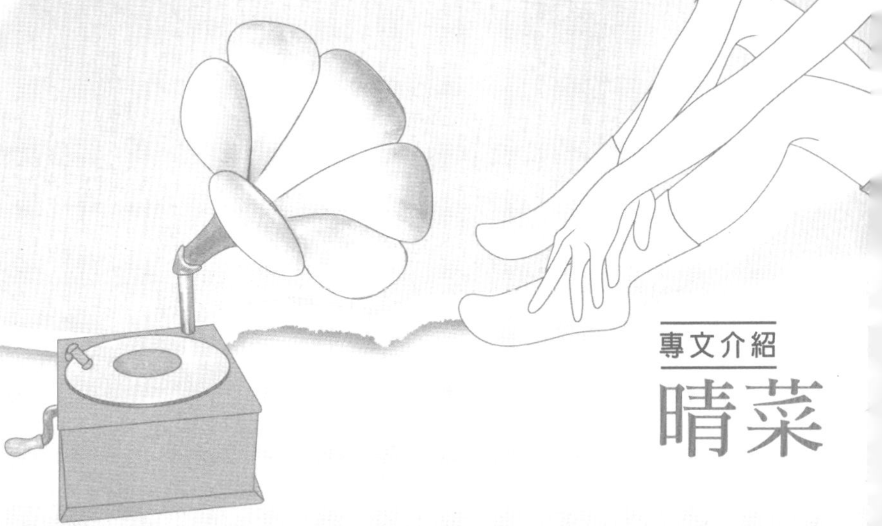

專文介紹
晴菜

作家專區

數個英文字母組成一個ID，

不同的ID書寫不同的心情，

隱身在漆黑螢幕後、伺服器另一端的網路寫手，

將他的故事呈現在網路讀者眼前；

而這裡的文字，要呈現的是ID的真實，

他是誰？

請讓我慢慢說給你聽。

晴菜

晴菜——愛做白日夢的文字彩繪者

在腦海中構思各種不同的想像，一支筆、一本筆記本、一個鍵盤、一台電腦，晴菜的手中彷佛有一支水彩畫筆，繪出輕輕柔柔，卻富含鮮明層次的的美麗畫面。

安達充的《鄰家女孩》、高橋留美子的《亂馬1/2》、尾田榮一郎的《航海王One Piece》、宮崎駿的《龍貓》……漫畫與卡通，是大多數人童年最美好的記憶，即便成年，這兩者，依然是許多人在工作繁忙、課業繁重之際，藉以抒發壓力的良伴。而對已經出版三部長篇作品的網路寫手晴菜而言，漫畫與卡通，不僅僅只是她最喜歡的休閒消遣，更是啓發她創作故事、描繪想像世界的重要因素。

長不大的畫面夢想家

從小，漫畫與卡通就一直是晴菜的精神食糧，陪伴她一起長大，沉浸在有畫面的世界裡，往往是她最快樂的時候。而因爲熱中、專注地融入在漫畫與卡通的情節中，晴菜逃離不了掛起近視眼鏡的命運，並且成了父親口中「長不大」的孩子。

或許是因爲看了太多有畫面的作品吧！接觸許多漫畫與卡通的晴菜，腦中不自覺地建構出一個充滿想像、以畫面呈現所有情節的世界，不論白天黑夜，她無時無刻不在豐富她腦中的世界，「不論是在走路、看電視廣告或做任何事，我都會不由自主地去構想那些畫面發展的情節，這一幕結束之後，下一幕該會是如何？」也就因爲十分沉溺於自己的想像世界中，因而在別人眼裡，晴菜變成一個常常發呆、愛做夢的女孩。「做白日夢，對我來說已經變成一種習慣了，但和別人不同的是，我不是在夢想哪天會成爲大明星，或是登上外太空。」

而這些「白日夢」，不只在白天時充斥在晴菜的腦海裡，即便到了夜晚，這個滿是畫面的世界依然不曾離去。不知道是不是日有所思，夜有所夢的關係，在睡覺時，晴菜偶爾也會夢到一些很棒的、自己特別喜歡的夢境，「醒來後，我就會延續夢中的劇情，繼續爲這個夢，勾勒後面的情節發展。」

當想像的世界太過豐富、即將滿溢時，晴菜有了用文字記錄每一個畫面的想法，「畢竟文字是比較具體的東西，寫下來就不怕忘記，我不僅看得到，還可以隨時修改。」

於是，從有畫面的世界出發，國中時期，晴菜開始寫起了小說。

用文字描繪想像的世界

國中時開始閱讀諸如《飄》、《基督山恩仇記》、《簡愛》等世界文學名著的晴菜，原本只有漫畫畫面的想像世界，注入了西方中古時期的背景設定。畫面、背景、想像三者融合的結果，便是創作的起源。

在晴菜的國中時期，電腦還不是很普及，她創作的工具，就是一本本厚厚的筆記本。上課時，晴菜會把筆記本壓在課本底下，佯裝認眞做筆記的模樣，開始用文字努力寫出她想像的世界。

那時候，幾個死黨都坐在附近，下課時，晴菜便會把自己在上課時拚命產出的內容，與好朋友們分享，漸漸地，朋友之間互相影響，有一兩位同學也開始創作，他們就會交換作品欣賞，然後興奮地熱烈討論著，「那時候我總覺得，自己好像是很了不起的神祕組織一員喔！」晴菜笑著談起自己開始創作時的種種趣事，除了自以爲是神祕組織一員之外，認眞「做筆記」的上課表象，也往往讓老師對晴菜有了不同的認識，「記得我高中畢業那年，遇見歷史老師，他對我說，『妳上課很專心，看妳都在下面做筆記。』害我頓時不知道該如何回應老師的這番話才好。」

與好友的互動、用文字描繪想像世界的快樂，讓晴菜在爲聯考衝刺、充滿壓力的學生時代，更加堅定了她想成爲一個小說家的念頭。

只是這樣的念頭，她從來不敢讓父母知道，因爲晴菜認爲，爸媽一定希望她能跟一般人一樣，大學畢業後找一份穩定的工作，當老師也好，進公司上班也罷，至於小說家？這實在不是一個穩定的工作，「當時我很怕，只要一說出未來的志願，就會被趕出家門，所以，寫作一直是椿偷偷摸摸的地下活動。」

載滿想像的筆記本，就這麼塵封在房間的抽屜裡，直至今日，還有一大半仍

「不見天日」。

喜歡寫想像，勝過寫真實

拋開聯考的壓力、成年、擁有順遂安定的日子後，晴菜認爲，自己應該有足夠的權利，選擇自己想要走的道路，也有足夠的能力，可以負擔「寫小說」的興趣，於是，她更熱中於創作，並且積極尋求出版的管道。「我不單單只是想創作而已，我更期待可以出版。對我而言，出版代表了一種肯定，也能讓更多人看見我的作品。」

那時候，羅曼史大行其道，所以，晴菜就迎合幾家出版社的風格，以中國古代爲背景，寫了兩部長篇。而投稿的結果，卻是被退稿，理由之一便是「字數過多」。「我這個壞毛病從以前就養成，到現在都還改不掉，搞得編輯總是叫苦連天；可是沒辦法啊，就算只是一個形容『視線移動』的情節，我也要花好多篇幅去描寫。漫畫不就都是這樣嗎？對白不用太多，僅僅透過畫框裡的圖案，就可以把整個故事說清楚。」

除了無法擺脫用文字強調視覺效果，總是用許多篇幅來描述故事角色的表情、五官和肢體動作之外，漫畫與卡通給晴菜帶來的影響，還包括了「動漫畫的劇情都很天馬行空，所以無法書寫平淡的日常生活題材」，「如果要我去寫那樣的故事，我還寧願寫日記。」

或許因爲從小接受卡通與漫畫的影響過深，或許因爲對自己的「寫實」功力有所懷疑，晴菜只寫杜撰的故事。對她而言，人生可以豐富，但如果要在小說中眞實呈現百分之百的人生，只怕自己會寫得枯燥乏味，糟蹋了小說被賦予的想像空間。

▼最愛讀者催稿

被羅曼史出版社退稿時，正値網路小說這一新文學興起，於是，晴菜構思了一部看起來挺像是網路小說的作品，開始在 BBS 上發表《對面的學長和念念》，而這部作品，也成了她日後出版的第一部長篇作品。

在 BBS 上連載作品的經驗是很快樂的，由讀者的回應與肯定中，晴菜有了許許多多的收穫，「雖然我是因爲熱愛創作，所以創作，但是如果沒有讀者的回應，我將永遠不知道這部作品在讀者眼中是什麼樣子，也不會知道原來還有人認同自己的作品，而自己應該要更努力。」在連載作品的日子裡，晴菜與讀者之間有了密切的交流，討論故事、分享心得，並從中獲知，有哪些段落是需要修改的，這些種種，對她的創作，都有相當大的幫助。而每每完成一個段落，晴菜便迫不及待地想把故事貼到網路上，讓讀者一睹爲快，並給予回應。「我最常收到的，就是讀者的催稿訊息，他們不知道，其實我比他們還急呢！我眞的好喜歡被讀者催稿的感覺。」有這種「癖好」的作者，晴菜不知道是不是這世上唯一的一個？「不過，如果被編輯催稿，那我可就頭大了。」晴菜笑著補充。

在文字的世界裡馳騁、飛舞、圓夢

網路文學的興起，不僅讓晴菜直接感受來自讀者的支持，也讓她一圓出版的夢想，能夠搭上這一波流行趨勢，她感到十分慶幸，因爲網路文學的出版，比起其他也許會限定主題、限定格式的出版類型，是相對自由的，盡情書寫自己想寫的東西，只要能夠獲得認同，出版就不會是遙不可及的夢想。

還曾被羅曼史出版社以「希望能以愛情爲主軸發揮」做爲理由退稿的晴菜，根本無法想像自己那十幾萬字的創作只圍繞著愛情打轉，「我希望我的作品裡能充滿各式各樣的情感，希望自己能像在說伊索寓言一樣，在故事的終了，引來讀者的會心一笑，說，『啊！有點被啓發了』。」

而她這樣的心願，已經在擁有高度自由，能讓許多懷有出版夢想的作者更有機會圓夢，也讓創作有更大發展空間的網路文學領域中實踐。

出版第一本書之後，深深以爲「紙包不住火」的晴菜，硬著頭皮，主動向父母坦承關於創作以及出版的事情，從小一直被晴菜認定會對此抱持反對意見的父母，卻

出乎她意料地，不僅十分開心，很關心書的出版狀況，更成了晴菜創作的最佳督導人，「每次我回家，爸爸總會問我，『有沒有繼續創作啊？要繼續，不能中斷喔！這是很難得的機會，要好好把握喔！』」很高興能獲得家人支持的晴菜，暗自下定決心，將來，一定要將這份感動寫進她的小說裡。

依然沉迷在漫畫與卡通的世界裡，偶爾被爸爸說長不大，偶爾努力在創作中裝大人，現在的晴菜，最大的目標便是希望自己可以拿下某大文學獎，以及看見自己的作品被翻拍成電視劇或電影，並且由作者自行挑選相中的演員。只是，作品被改編要靠的是機緣，至於拿下文學獎，過了二十多年幸福美滿，沒有大風大浪的日子，晴菜覺得，沒有深刻人生閱歷的自己，離得獎還有好長一段道路，「但我會往這個目標努力。」現階段的她，希望能藉由嘗試書寫各種類型的小說，逐步朝目標前進，因此，只要能聽見讀者說，「這次的作品風格跟之前很不一樣喔」，就感到非常滿足了！

晴菜小說鋪網址：www.helena.idv.tw

作家專區

情歌主題館

飄著記憶香味的曲調

CONTENTS

愛情主題館 唱首情歌給誰聽

演奏一曲希望的旋律

畫落滿天心碎的音符

情歌主題館

有沒有那麼一首歌，在你們的愛情世界裡，烙下動人的印記？

也許因為這麼一首歌，感受到愛情來了，

也許因為這麼一首歌，才知道，從來，這都不是愛情，

也許因為這麼一首歌，重新憶起了深埋在腦海裡的一個人、

一份感動、一段過往……也許因為這麼一首歌。

Flexibl
ers feel
plaster for owe, from Fl
and still arshire, was
lso alleviatethis last year
ers feel able to
but also thre
tar and five t
arbon mono
pain
finds that Asthma: The
iders him to deafound to wider
ut twith the illthe lung. But
If empl
able to

a 飄著記憶香味的曲調

三月的空氣裡，飄著新生花朵淡淡的香氣，
嗅聞著那芳香氣味，心底揚起一段旋律，
伴著花香，伴著你的身影，在我腦海中。

卡農，桂花香

◎晴菜

有個騎著摩托車的郵差先生，車子兩邊載滿信件，遠遠地騎過來了。

女孩不禁停下澆花的手，抬頭看看隔壁那扇緊閉的窗，枯萎的草藤爬附在它右上方的牆面。她再低頭探一下手錶時間，手中的澆花器還在傾斜的狀態，所以裡面半滿的水不停流灌出來，濺濕她特地挑選的米白洋裝。女孩趕緊移開手，拚命拍掉身上尚未浸透的水滴，身邊的桂花叢跟她的洋裝一樣已經吸了飽滿的水。她只好就著矮階坐下，將澆花器擱在一旁，無聊地撐起下巴，偶爾再望望那扇寂寞的窗。時間早已過了三點十五分，她輕輕用腳底板打著拍子，若有似無地哼起走音的卡農旋律，她想，再等等看好了。

♫

五月十五日，星期六。

她今天回家的時間比平常要早了十分鐘，看起來心情不錯，走著走著還會一個人微笑起來，她本來就是一個愛笑的女孩子。

第一次見到她，女孩正好和班上同學一起回家，一群人說說鬧鬧，一開始我覺得她們的聲音很吵，原本打算動手關窗，她卻露出第一個笑容，我彷彿看見了海邊耀眼的太陽。

「明天一定是個好日子！」

我聽到她快樂地這麼說，於是，我也莫名有了期待「明天」的習慣。

我期待看見她在早上六點五十二分時，咬著夾蛋土司衝出家門趕上課；期待她下午五點四十五分從學校和朋友大聲聊天回家；期待她每個禮拜天洗球鞋，然後把它們晾曬在院子的矮階上；期待她在路邊很孩子氣地逗弄小可玩（小可是我們家養的約克夏）；期待她偶爾爲院子的桂花樹澆水時會不小心發起呆來。

我不知道她的名字，問媽媽她也不曉得，媽媽這兩年什麼也不想管，她只在乎我的病，自從女孩一家搬進隔壁空屋，媽媽也不曾過去串門子。眞可惜，我想她一定有一個好聽的名字。

女孩回家沒多久，換了便服又快步跑出來，手裡拿著羽毛球具，我不只一次見到她攜帶球具，大概是參加羽毛球的社團吧！也許是厲害的校隊也說不定。不過，我從沒看過她打球，她的臉頰有時會泛著淺淺的紅，很健康，很愛運動的樣子，不少人都喜歡她吧！

她搬來不多久，就有同校的男生送她回家，女孩穿著潔白襯衫和格子裙的制服，頸下繫著一條同樣格子花色的小領帶，那天她只是微微地笑，卻是從未有過的美麗。

我有些傷心，並不是因爲她有男朋友了。我就住在她家隔壁，還沒跟她講過一句話；她轉學過來不到一個月，有人已經擁有她的笑容。

「你想要什麼？想吃點什麼嗎？」

媽媽不時過來關心我的需要，爲了不令她失望，我總說得出一兩樣雜誌或梅子汁之類的東西，其實那都不是我最想要的。

那個春天我病得特別重，整日躺在床上醒醒睡睡，後來，好像下雨了。氣溫下降，我反而比較清醒，想要起身關窗，沒想到女孩正待在她家外面的小院子，她是從外頭回來的，撐著一把透明雨傘，邊走邊哭。她的哭泣不是太激烈，模樣好可憐，走了幾步才會伸手擦抹臉上的眼淚，回到家又不進去。她在院子站好久，也哭了好久，雨，淅瀝瀝，天空似乎明瞭她現在非常地傷心。

她的傷心好像會傳染，看著看著，我心底的酸度增加許多。

我嘆了口氣，那一刻，自窗簾抽回的手不小心碰倒桌上的音樂盒。

音樂盒倒在桌面上，蓋子打開了，卡農的和弦樂音歪歪斜斜地流出來。

我錯愕地看著敞開的精緻盒子，彷彿望見兩年前沈同學閉了一下又睜開的眼睛，她輕輕問：「你喜歡卡農嗎？」

沈同學的眼眸跟空無一物的音樂盒不一樣，她的深瞳飽含清水，猶如海洋埋藏了無數沉沒的寶藏，兩年前的那天，我第一次學會閱讀她多情的眼神。

「喜歡啊！」我一直注視她瞳孔最深處的黑，就要沉淪下去。

她又把頭壓低，對著手中捧握的音樂盒沉默一會兒，淡淡問了一遍：「眞的……喜歡嗎？」

不知怎的，那天她的嗓音聽起來格外憂傷。

我別過頭，強迫自己從乍現的回憶掙脫出來。樓下女孩一下子就聽見樂聲，困惑地張望，一開始分不清音樂從哪裡傳出來的，後來她抬起頭，看見我的窗口，看見了我。

我的心跳在刹那間倉皇地靜止了。

醫生說，我虛弱的心臟隨時都有可能停止，不再跳動，沒人能預言這顆心臟哪一天會罷工不幹。然而，在我無法呼吸的瞬息，心底卻意外地舒服。她和我四目交接了幾秒鐘，可能因爲被其他人逮到她掉眼淚而不好意思，所以垂下頭，用兩根手指將滑溜的髮絲撥到耳後，用力吸著發紅的鼻子，找出家門鑰匙，走進屋子。

我悵然若失地倚靠簾幕，女孩已不見蹤影，但遺留在她身後的桂花叢依然在雨中兀自芬芳，我聞到堅韌樸實的香味溫柔裹覆一種快要被遺忘的感覺。

將音樂盒扶好，把鋪附一層灰塵的盒蓋再度揭起，聆聽它叮叮噹噹的音樂，旋律反覆著，盒子開了，回憶跑出來了，香氣，甜甜的。

「眞的……喜歡嗎？」

五月二十九日，星期六。

那個雨天起，沒再見過有男生送女孩回家了，有時她一個人，有時和好多同學走在一起，隔壁屋子時常傳來吵吵鬧鬧的談笑聲，她的人緣果然不錯。

上上個禮拜她經過樓下，手裡拿著一串花枝丸，大概是路上買的，女孩吃得津津有味，看起來很好吃。

我不怎麼記得花枝丸的味道，醫生在兩年前就規定了我的飲食，許多美味的食物自我的菜單中刪除，我想起小時候一些鍾愛的玩具，五彩的玻璃彈珠、卡通超人的卡片，時間久了，有一天才發現它們已經不知不覺憑空消失，玩具就像會出走一般。儘管如此，我還記得自己很喜歡那些炸得酥酥脆脆的香味和拿到新玩具的喜悅。

女孩吃著吃著，她的視角忽然瞥見我，「啊」了好大一聲。

她嚇一跳，我也被她嚇到。她一手把花枝丸藏到背後，稍微別過頭，迅速拍掉嘴角沾上的黑胡椒。她的臉一下子漲得好紅，我跟著慌張起來，她用不著難為情的，我只是覺得她吃東西的模樣很可愛。但，女孩加快速度跑回她家，那天都沒再出門過。

我真後悔，我是不是應該安分地佯裝不在意她？

到了禮拜六，我落寞地聽著音樂盒的卡農。

「來，喝點桑椹汁，這是隔壁給的。」媽媽端著一壺顏色很深的紫紅色果汁進來，仔細倒出三百C.C.，我沒敢立刻接下。

「隔壁？」

「對呀！剛剛出去倒垃圾碰到隔壁太太，她說家裡做多了，分一些給我，你喝喝看。」她說著說著自己也斟了一小杯淺嚐，「說是她女兒做的，嗯……還不錯呢！」

她女兒？我馬上聯想到那位女孩，反而更不願動口了，深怕打斷媽媽聊天的興致。

「那個女孩子好像很活潑，長得挺標緻的，她媽媽很擔心她會亂交男朋友，也對，這個年紀還是念書比較重要，幸好她看起來很乖巧，喔！聽說她叫筱儀。」

打從她出現在我的生活這三個月來，我終於知道她的名字，筱儀，輕輕唸著，心底便滑現翩翩粉蝶飛過的驚喜。

能夠知道她的名字，我感到高興，她的名字眞的跟想像中一樣好聽，不過，還是先別那麼叫她好了，我們並不認識。我只在格外思念她的時候才會低聲唸她的名字，筱儀，筱儀。

「嗨！我叫沈恬，死黨都叫我阿恬。」

國一在男女合班的班級，沈同學被分配到我隔壁的座位，那時的男學生滿腔是討厭女生的叛逆，她是個文靜大方的女生，我卻看也沒看她一眼。

「沈同學。」

「你可以叫我阿恬沒關係。」

「……沈同學。」

今天天氣眞好，提早有了夏天的味道，我打開窗，在濕熱的微風中尋找單薄的蟬鳴，不意，竟找到了她。女孩走路的時候也不讓自己閒著，上回在吃花枝丸，這回在讀一本厚厚的書，邊走邊看。爲了不重蹈覆轍，我讓自己藏身在柚木色的提花布窗簾後，她應該看不到我，我卻望得見她手中的書是一本《古典音樂介紹》。怎麼她對古典音樂有興趣嗎？

她愈接近，我的音樂盒聲音就愈清楚，稍後，女孩朝我這邊望過來，她也謹愼多了，頭沒動，只是轉著眼珠子，悄悄打量卡農響起的窗口，聽了一會兒又低頭瞧瞧手中的書，那時，曲子遇到一個休止符，她恍然大悟的嘆息正好塡補了空白：「原來是卡農啊……」

我有點訝異，我也做過相同的事，因爲喜歡的緣故，特地上網查詢這首曲子的資料，如果可以，我會跟女孩說卡農其實不是曲名，是一種曲式，輪唱的意思，「D大調卡農與吉格」是那個數字低音時代的代表作喔！她認識帕海貝爾這個作曲家嗎？如果可以，我會跟她說好多關於卡農的事。

後來，我還是喝了那杯桑椹汁，原本就算是一點點酸的東西我也不喜歡，那杯桑椹汁酸甜的比例各佔一半，我喝光了，大概是它的味道和我的心情相似，我覺得特別好喝。

是因爲喜歡的緣故。

六月十二日，星期六。

我喜歡穿潔白的衣服，不是有潔癖的關係，也不一定一點花色都不行，白，並不添加累贅的色素，輕飄飄的，它的原料或許是天上雲朵吧！化作雨，落在地上，經過大自然的循環，有一天還是會回到天空去。

女孩也穿了一件雪白的洋裝，不完全是素面，右邊裙襬有三株幸運草在風中搖曳。坦白說，當我見到她時怔了好一會兒，今天的女孩看起來清新而高雅，和我記憶中的她不太一樣。她站在她種的桂花樹旁，伸手探視發芽的嫩葉，那些桂花生命力好強，每天都有新葉冒出來，我覺得女孩的神情特別帶著一分慈悲的安詳。

後來，我們家小可從籬笆門下的破洞鑽出去，跑到女孩家院子。女孩發現小可又溜過來，馬上蹲下去跟牠玩。她用雙手摸摸小可的頭，梳理牠灰棕色的毛，當小可興奮地跳到她身上時，她咯咯笑著任牠親吻自己的臉頰。

小可原本是要送人的，爸媽說動物對我的身體不好，會有細菌、有跳蚤，我還對毛屑過敏，我做了交換條件才把小可留下來：我不能碰小可，小可也不能靠近我，我只好遠遠看著小可一天天地長大。

女孩似乎挺喜歡我們家小可，就算小可被關在籬笆門內，女孩經過時也會停下來多逗弄牠幾下。我很羨慕小可能夠這麼自由自在地接近她，並得到她的喜愛。

我常常故意把小可放出去，讓牠多找女孩玩，小可會把她活潑的笑容帶回來給我。

有一次我趁爸媽不在家，偷偷把小可抱進房間。小可身上有一股奇特的香味，聞起來像桂花。牠沾上隔壁人家的味道，會不會也留著女孩手指的觸感呢？我慢慢撫摸牠光亮的棕毛，彷彿握碰到女孩那看起來又細又柔軟的手，感覺暖暖的。小可撲到我肩膀，冷不防被牠親了一記，我摀著左邊臉頰，有點開心，有點難爲情，這算不算間接親吻？

「哈哈！你好皮喔！」女孩把安靜不下的小可放到地上，「你主人也是這個樣子嗎？」

說完，她朝窗口晃了一晃，不曉得有沒有看見我。剎那間，我自慚形穢起來，我是個怎樣的人，她可能要失望了，我只是個蒼白的，虛弱的，只能待在窗口陰影下的幽靈，幽靈沒有形體、沒有聲音，也不必有身分，在她眼底我什麼都不是。

「去，」女孩催著小可回家時，輕聲對牠交代：「下次找你主人一起出來玩。」小可蹦蹦跳跳地跑走，女孩就地站起，這才發現她的白洋裝多了幾個小可的黑腳印。

「啊！怎麼這樣啦！」

她拚命拍幾下裙子，徒勞無功，又朝我的窗口望一遍，我覺得抱歉，不過她眼神並不含一絲埋怨，好像在納悶，又好像在等待。

眞的很對不起，沒有把小可教好，小可只是喜歡妳，牠沒有惡意，妳的裙子還好嗎？

女孩轉身進了門，她沒聽見我的話，很多話我只放在心裡。

她偷騎父親摩托車時，我暗暗希望她平安無事；風大的日子，我想跟她說，妳的頭髮亂了喔；我找到一片卡農的合輯 CD，會想著她會不會也想聽一聽。

原來只是說話，也需要莫大的勇氣。升國二那年的暑假，班上坐在附近的同學都被編爲同一組，要去看一部入圍奧斯卡的外語片，然後合力完成一份報告。我不記得片名了，但還記得拿著電話筒時的心跳。

沈同學是我們那組唯一的女生，坐她隔壁的我負責打電話約她出去看電影。我從沒主動約女孩子，覺得窩囊，掙扎很久才撥出她家的電話號碼。

我根本沒注意到當時已經晚上十點多，接電話的是她媽媽，很詳細又很懷疑地問清楚我的身分，才把電話交給沈同學。

「喂？」

大概因爲知道是我的關係，她的「喂」有點羞澀，我也是，我怕她媽媽正站在旁邊監聽，所以想要長話短說。

「喂，我們大家說好明天去看電影，十點半在華納外面的廣場集合，妳可以來吧？」

我迅速地說完，立刻聽見自己快要從嘴巴蹦出來的心跳，沒想到電話那頭就這麼沒聲音了，整個地球只剩下心跳而已。我感到納悶，因爲不肯先開口，所以也倔強地緘默好久，我握著話筒的手漸漸汗濕。

「嘿！你知道嗎？這是第一次有男生約我看電影呢！」

三分鐘過後，話筒傳來她帶著笑意的聲音。沈同學和隔壁屋子的女孩不同，她不常笑，起碼不是在我面前，每每見到我，總是很不自在的模樣，然而那天在電話中，我竟爲她看不見的笑容慌張失措了。

我掀開窗簾一角，接觸到外面透冷的空氣粒子，小可在樓下見到我，高興得猛搖尾巴，牠永遠也不會知道自己幹了什麼好事。今天是陰天，跟我一樣沉重，吹點風，只是想看看能不能把感傷的負擔吹走一些。

六月十九日，星期六。

這回感冒持續得特別久，這道帶來豪雨的鋒面也停留得特別久。

我的高燒升了又降，降了又升，非要跟陰雨的氣候僵持不下一樣。

今天凌晨下起一場大雷雨，我被吵醒，在黑暗中睜著眼，聆聽屋外沉穩又喧嘩的磅礡聲音，連夜車碾過水窪的響聲都沒有，大雨掩蓋了一切，因此，夜很靜。

我幸運地在大家都熟睡的時候知道天空下了場非同小可的雨，感到莫名歡愉。天愈亮，這場雨反而轉小了，到了下午，只剩零星的雨絲，斜斜飄著。

我見到白色小花鋪了滿地，女孩就蹲在清一色綠葉的桂花樹下，撐著上次那把透明雨傘，偶爾看看冷清的馬路，偶爾玩起盛滿小水珠的傘，偶爾習慣性地用兩根手指把頭髮撥到耳後。

我唯一一次見過沈同學的眼淚，跟此刻的細雨相當類似。

課外活動要跳土風舞，彆扭死了，老師規定一定要男的女的穿插著圍成一個圓，沈同學就站在我旁邊，我們一起看著對面不少男女同學紛紛在民歌響起時，彎身在地上尋找比較長的小草，或是不小心遺落的竹筷子，他們誰也不肯牽異性的手，我也是。我輕易在腳邊發現一株長得格外高挺的青草，拔下它，遞向沈同學。沈同學猶豫半晌，才伸手握住它的另一端，她的手勢特別溫柔，彷彿心疼小草夭折的生命。

啪！

廣播器的音樂還在繼續，我們之間的小草卻應聲斷成兩半，我和沈同學倒退一步，愣愣望著自己手中那半截草葉，操場上的大圓登時有了破口。然而，舞步還是要跳的，轉圈也不能停下，沈同學為難地面向我，我固執瞪視操場不爭氣的草坪，決定不牽她的手自己跳下去。

「欸！你還眞有種耶！打死也不牽人家喔？她這次眞糗大了。」

下課後，有個男同學跑過來褒獎我。我在走廊拐了彎，撞見沈同學一個人在洗手台那裡。

她用一種很慢很慢的速度優雅搓洗掌心和手背，幾乎出了神，自來水嘩啦啦的，我愣了愣，陽光跟著我放慢的腳步溜進來，爬上她墜落一滴淚的臉龐。沈同學依然望著自己的手，無聲地掉眼淚，她沒有馬上將它擦乾，只利用肩膀上的衣服在臉上揮抹一下，然後繼續沖水。

我感到自己做了什麼罪大惡極的事，只因看見她在心裡下起的一場滂沱大雨，明明那天午后風和日麗的。

「筱儀呀！妳在外面幹嘛？小心感冒喔！」

這是隔壁伯母的叫喚，已經不是第一次的催促，所以女孩不怎麼耐煩地喊回去：

「我知道啦！我等一下就進去！」

突然，她打了一個噴嚏，頭部快速揚高又低下，幸好沒察覺到樓上我那來不及隱藏的擔憂眼神，她開始摩擦單薄的手臂，嘴裡嘟噥「怎麼還不開始啊」。

女孩看起來不像在等人，爲什麼非要在這樣的雨天有所堅持？可惜我不巧地不是她什麼人，不能勸她快點進屋去，感冒眞的不好受。我只能在旁邊無奈地順手將音樂盒打開，它已經擦拭乾淨，就跟沈同學送我的時候一樣完新。下一秒微微抬高視線，觸見女孩原本擱在嘴邊呵氣的手指縫，淺淺地……漾起一抹羞怯的歡喜。我迷惑凝望，望著她的笑容竟變得如此深邃美麗，藏在她微濕的髮絲間。

女孩做了一次深呼吸，心滿意足，霍地起身，卻因爲腳麻而踉蹌一下，她在進門前這麼說，我這不是進來了？以後不用趕我嘛！

以後。說不上來，聽起來像是一種約定。

會不會……會不會她其實等的是音樂盒裡的卡農？會不會她也跟我一樣習慣在這個時刻懷抱期待？

稍晚，媽媽到房間檢查我的體溫，三十七．一度，偏高，於是她又向我提起前幾天的建議：「醫生也覺得住院觀察一下無妨啊！住在單人病房，設備很齊全的，就跟在家裡一樣舒服，你爲什麼不肯呢？」

因爲那裡沒有這裡的窗口和桂花香。我沒有告訴她實話。

媽媽拿我沒輒後，叮囑我要再吃一包藥，她說這藥的副作用就是想睡覺，「睡一下沒關係，你本來就需要多休息。」

我在軟綿綿的枕頭上側著頭，靜靜看著歇了音的盒子，一個人不自禁地笑了。

我想，我今晚應該是睡不著的吧！

七月十日，星期六。

我做了一個夢，那個夢其實是發生過的，只是又跟現實有點不一樣，夢的光線是西曬的柔橙色，鋪灑一片。

「哪！信差天使送信來了。」

國二冬天，沈同學三不五時就會送信給我，她愛稱自己是信差天使，專門替別班的好友傳情達意，信紙往往都摺成花稍的形狀，揮發著刺鼻的人工香水味。

我看了桌上信紙一眼，悶悶反問她：「妳不煩哪？」

「有時候。不過，受人之託，我不好意思拒絕啊！」

「那妳有沒有告訴過她，我覺得很煩？」

沈同學無辜地望了我片刻，她以為我在生氣。「沒有，我不忍心。你眞的很煩？」

如果我眞的在生氣，也是氣她把別的女生的情書交給我，但我不對她抗議，深怕被她發現。

「我現在對這種事沒興趣。」

「眞的？你沒有喜歡的人嗎？」

當時沈同學往後一靠，坐在桌子上，一面問我，一面輕輕晃動雙腳。她這雙鞋子過大，在交叉擺動中鬆脫了下來。我沮喪地注視她認眞單純的神情，呼出寒冬裡的白霧，心想如果她不是信差天使，只做天使就好了。

音樂盒的機蕊不大對勁的樣子，卡農變成分叉又走音的怪調子，我拿著它下樓，找出螺絲起子，小心翼翼將外箱拆下來，那時，媽媽回到家，我沒抬頭看她。

「你到樓下來做什麼？」她脫著高跟鞋問。

「修理東西。」

「啊！妳不用脫鞋沒關係，反正我們家也該打掃了。」

她那句話並不是對我說的，因此我奇怪地抬起眼，見到隔壁女孩正俐落地脫掉布鞋，整齊擱放在玄關。

她的髮稍還掛著幾顆雨珠，襯衫是半透明的，所以媽媽趕緊拿毛巾和自己的外套給她，她靦腆道謝的時候曾經飛快瞟了我一眼。

「你知道這位是筱儀嘛！」媽媽把女孩帶到沙發這邊坐，開始介紹我們認識。「我剛回來就看到她怎麼躲在桂花樹下，你看這女孩子多粗心，颱風天還忘記帶家裡鑰匙。」

女孩嘿嘿地笑兩聲，繼續粗魯地擦拭頭髮，她看起來本來就不是細心多慮的人。

「這是我兒子，你們正好可以聊天，等妳家人回來之後再回去吧！」

「謝謝。」女孩又說了她進屋後第七次謝謝。

媽媽打開電視後便進廚房準備果汁之類的東西了，我和她既安靜又尷尬地看著新聞報導颱風在各地造成的災情，不多久，她注意到桌上解體的音樂盒。

「那是什麼？」

「音樂盒。」

我回答。大概是沒聽過我聲音的關係，女孩專心盯了我一兩秒後才點點頭，把焦點放回音樂盒的研究上。

「原來裡面是長這個樣子……」

「我剛剛在修理它。」我把外箱裝回去，將音樂盒恢復原貌，途中蓋子不小心打開，卡農叮叮噹噹竄了出來。

「這個音樂盒很漂亮，又是和弦，好特別，你一定很珍惜。」

除了每天的呼吸和收在這只音樂盒裡的回憶，我擁有的並不多，所以沒有什麼好失去的。

這是我們第一次交談，卻沒有想像中緊張，彷彿我們已經認識好久，而時間過得很慢。

「妳的……」我指指自己的頭部，「妳的頭髮上有東西。」

「咦？」她慌張地伸手摸索一會兒，摘下兩三朵小白花，是他們家桂花樹留在她頭上的驚喜。「哈哈！我怎麼都沒發現？一定很像花痴。」

她的笑聲淘氣嘹亮，可以越過一個山頭又一個山頭，堅強的羽翼懷抱一路上所遇見的喜怒哀愁，肯定豐富圓滿。

「我才沒有喜歡的人。」

當我裝出一切以課業爲重的好學生姿態時，沈同學坐在桌上，對我良善微笑。

「是嗎？」

她的微笑像是定格在相片中的表情，顯得不太篤定，卻是十分漂亮的微笑。似乎和她一起合影的世界是如此美好，似乎還有話要說，她只是安詳地笑著。

後來，女孩只待半個小時就回家去了，她在玄關穿好鞋子，離開之際，又回過頭抿著笑，要跟我分享什麼很棒的祕密似的：「我最近喜歡上卡農了，好奇怪，它可以讓我想起不少快要忘記的情緒。」

她說的沒錯，原本一度被我刻意塵封的感覺，如今鮮明如昨，但，原因並不是卡農。

在昨夜，夢見自己說出直到現在也從未脫口的話，醒來我問了自己一個人人都有過的感慨，爲什麼當初不那麼做就好了？

夢裡，我回答沈同學的問題，並不猶豫。

「我喜歡的人是妳。」

七月三十一日，星期六。

他們說要送我到林口長庚，那裡醫界的權威不少。我沒有反對，我已經荒廢兩年多，是該爲自己生命負責的時候了。

爸媽很低調，不希望附近鄰居爲了我們的家務事議論紛紛，我知道手術的成功與否必定無可避免地成爲茶餘飯後的話題。

行李整理得差不多時，媽媽過來問我還有沒有需要帶的。

老實說，我不知道我可以帶走什麼。我關上音樂盒，把它放入行李袋中。

他們還在屋裡忙，我獨自走到屋外，迎面飛來一只白球，我伸手接住它。

「對不起。」

隔壁女孩滿臉歉疚地跑來，手裡拿著羽毛球拍，齊肩的短髮隨著跑步而蕩漾。她沒有流很多汗水，只是雙頰又暈開俏麗的緋紅，眞的好可愛。

這時爸媽提著行李走出來，女孩看著他們把東西一一塞到車子後車廂，有些好奇，

「你們要出遠門？」

「是啊！」台北離台中有三個半小時的車程，說近不近吧！

「喔！難怪最近沒看見小可，你們託人照顧啦？」

「牠在我姑丈家。」

「你們一定是出去旅行吧！眞好。」

她說著說著開心地笑起來，好像要出遠門去玩的人是她。我笑而不語，她說的沒錯，有哪一個旅程是不帶風險的呢？醫生說，我的風險是百分之五十，眞是討厭的比例，不多不少，我的希望與失望剛剛好維持了一個水平。

「球還妳。」

我把羽毛球遞給她，女孩接下之際，信口問起，她不知道她的問題令我悽惶起來：

「你也打球嗎？」

「我以前常打籃球。」

我永遠也忘不了，籃球下劇烈的喘息與縱流的汗水，在我休克的前一秒，那些快感全轉爲徹骨的疼痛，狠狠悶住我的胸口，之後，我就不打球了。

上了車，坐在後座，爸爸穩穩地開動車子。我側過頭，眷著後玻璃這框框外的女孩，她還手拿羽球和球拍目送我們，送了一會兒，忽然把右手舉到臉頰的高度，用力揮

了揮，原本又黑又大的眼睛瞇成一條線，她眞是個愛笑的女孩子。

我扯扯嘴角，發現自己笑不出來，離別，本來就不是輕鬆的事。

國中畢業典禮前，聽到一些流言：畢業典禮當天我會向沈同學告白，不少人正拭目以待。我只告訴一兩個死黨我對沈同學的感覺，到底是誰加油添醋地幫我做出預告？還來不及查明眞相，畢業季就到了。

我站在沈同學斜後方三排的位置，師長致詞的那一個鐘頭，我一直盯著她看，偶爾看她專心聆聽的背影，偶然看她側頭跟同學笑著耳語，我就是在那麼乏味無聊的時刻決定追她。

典禮後，學生和家長四散在校園中忙著照相，我找了半天才發現沈同學，她在一棵怒放的鳳凰樹下回身，從焦急到驚喜的神情，似乎也在找我一樣。

「你爸媽呢？」沈同學問。

「他們說等我大學畢業再來參加。」

「呵呵！我爸媽本來也這麼說，可是我硬要他們來。」她頓了頓，加上一句：「他們跟老師聊完，我們就會一起去吃飯。」

她這麼說，我便曉得我的時間有限，不能再閒扯不著邊際的話。我生平從未這般緊張，也沒遇過語塞的窘境。時間一分一秒地過去，我又決定賴皮，反正，升上高中後我們還會見面，我們都要在這間學校直升的。

「我要走了。」沈同學指指不遠處的父母，無奈地對我聳肩。

我聽了，活脫是個失意的孩子，卻也還懷抱期盼，脫口向她說：「下學期……下學期再見。」

「是啊！夏天很快就會過去，是不是？」自言自語地嘆息後，沈同學揚起手，就揮那麼一下，「我就不說再見了。」

我浮躁地注視她離去，開始後悔剛才怎麼就少了那一點勇氣，她要愈走愈遠了……驀然間，沈同學停住腳步，只是回頭，她的眼神難得透露出幾分調皮興味。「你知道嗎？我一直很期待今天會有好事發生，所以我本來想，不論誰說了什麼，我一定都會答應的。」

我眞傻！

畢業典禮後發生了好多意想不到的「然後」，然後我去打了也許是這輩子最後一場籃球，然後我病了，然後從此和高中生涯無緣，更遑論什麼大學畢業。

車子後玻璃窗外的女孩已經成爲一個小黑點，她一個人輕快地用球拍彈著羽毛球，那顆小白球依舊十分清晰地上上下下，上上下下，世界彷彿還存有一點希望。

八月七日，星期六。

「不管誰在問，我都沒說，一堆人來探病，你反而不能好好休息，等手術完再說吧！」媽媽坐在床邊，幫我吃掉我嚥不下的醫院早餐。

明天是動手術的日子，病房很清靜。

「這樣很好啊！」我輕聲應和她，一邊望著外面修剪整齊的花圃和花圃再過去一點的停車場。這裡果然沒有那個窗口的風景，我想念桂花樹和女孩。

「你想念班上同學嗎？」

當班上會來探望我的人最後只剩下沈同學一個，她感傷問我。她好笨，我最想念的人就在我面前啊！

沈同學每次來，都會帶一些水果，有時候是蘋果，有時候是水梨。有一天，她忽然不帶水果了，她帶來一只精巧的音樂盒。

她在我面前把盒蓋打開，我於是聽見天籟般的音樂，這首曲子聽過的，只是叫不出名字。

「我很喜歡卡農，所以買了很多CD，有鋼琴演奏的，也有管弦，連吉他的都有，不過，我還是覺得這音樂盒裡的卡農最好聽。」她說話的時候，始終面對手上的音樂盒，一個人慢慢呢喃自己的心情故事：「也許，原本一件很美好的事物，就是要維持現狀，才能繼續去喜歡它，那麼就不要改變了，說再多也沒有意義，能把我最喜歡的音樂送給你，就夠了。」

我不懂她在說什麼，直到沈同學終於抬起她的眼睛，盛滿了我幾乎承受不了的情感，滿滿、滿滿的。

「你喜歡卡農嗎？」

這些年來所累積的時光點滴，化作數不清的沙粒，龐然地從巨大沙漏流瀉而下，壓得我的胸口一陣劇痛，如果她不在，我肯定會放聲大哭。

「喜歡啊！」我的聲音在發抖。

沈同學聽了，不很成功地抿起一縷故作堅強的笑意，她又把頭低下，就這麼安靜好久，我曉得她指的不是手中的音樂盒，當然也不是卡農。

「眞的……喜歡嗎？」

夏天果然很快就過去了，原本的國中同學一一升上高中，後來，沈同學也不再出現。

我不怪她，她的人生還很長，她要走下去，是我沒能跟上，我也有屬於自己的路，只是我們不再同行了。

「你願意動手術，我跟爸爸都很高興。」媽媽把塑膠蓋蓋回紙碗上，抽出衛生紙擦拭嘴角，卻擦不掉上頭淺淺的紋痕，她欣慰地望住我，「我們都不要放棄一點希望，對不對？」

我微笑不語，主動握住她的手，那一刻媽媽還是忍不住哭了，她臉上那些細細的皺紋更加明顯，我深深羨慕。年老，是許多漫長時間堆砌出來的，我也想看看自己臉上長出一堆鬍渣，想摸摸變斑白的頭髮，想知道透過老花眼鏡的眼睛會是怎樣的世界，我想……

我眞的想念桂花樹和女孩。

如果手術沒能成功，我想把音樂盒送給她，就像當初沈同學把她最喜愛的東西留給我那樣，而我還是那個棲宿於堤花布窗簾後的魂魄，不值得記憶。如果手術成功了，我會去找她，不知道她還記不記得音樂盒和卡農？但，請給我一次機會，我來，是爲了喜歡一個女孩。

天空看起來要下雨了，雨後的桂花總是特別香，當時音樂盒裡不知怎麼會飄進兩片白色花瓣，我沒丟，現在那些碎花已經萎黃，只是閉起眼，彷彿就能嗅聞到既純粹又懷念的芬芳，然後，到底是卡農的旋律包圍了桂花，或是桂花香沁潤了卡農，都不再重要了。

♫

女孩其實注意他很久了，打從那一天她在自家院子哭泣被抓包，就發現了卡農的悅耳和隔壁的鄰居男孩。

她對男孩知道的不多，只聽說他身體不太好，以前在學校既會念書又會運動。男孩有一張白皙清秀的面容，溫柔又含著淡淡憂傷的眼神，他輕輕的笑容很舒服。

女孩悄悄記錄著他的習慣：他常常穿著乾淨的白色衣裳，生活一定不邋遢；他愛從二樓窗戶出聲逗弄院子裡的小可，看起來善良體貼；他似乎也喜歡桂花，每回開窗總要側頭看看那些桂花好不好；他有一個奇妙的音樂盒，每個星期六的午后三點一刻就會把音樂盒打開，重覆聽著卡農，永遠不嫌膩地一遍又一遍。

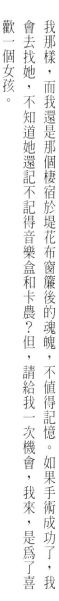

她暗暗提醒自己，下次再見到他，一定要記得跟他多說一些話，還有，千萬不要一直傻呼呼地笑。

不過，自從他們一家出遠門後，已經兩個禮拜沒出現了。

有個綠衣郵差騎著摩托車朝這邊駛來，女孩不禁停下澆花的手，抬頭看看隔壁那扇緊閉的窗，枯萎的草藤爬附在它右上方的牆面。她再低頭探一下手錶時間，手中的澆花器還在傾斜的狀態，所以裡面半滿的水不停流灌出來，濺濕她特地挑選的米白洋裝。女孩趕緊移開手，拚命拍掉身上尚未浸透的水滴，身邊的桂花叢跟她的洋裝一樣已經吸了飽滿的水。郵差果眞在家門口停住，她讓正跟鄰居聊天的媽媽簽收包裹，自己就著矮階坐下，將澆花器擱在一旁，無聊地撐起下巴。

「筱儀！包裹是給妳的，妳有朋友在林口啊？」

女孩暫時不想理睬媽媽的疑問，偶爾再望望那扇寂寞的窗，時間早已過了三點十五分，她輕輕用腳底板打著拍子，有一句沒一句地哼起走音的卡農旋律，她想，再等等看好了。

作者介紹 About

晴菜，著有《對面的學長和念念》、《眞的，海裡的魚想飛》、《長腿叔叔二世》三部長篇作品，最新創作《夏天，很久很久以前》將在夏天出版。

一九八五年的義大利麵

◎瑪兒

就在這個悶熱的傍晚，雨急促地下了起來，啪咚碰咚地敲打著隔壁家鐵板裝的屋頂。已踏在門口準備出門覓食的他聞聲不禁皺眉，家裡的傘上次出借未歸，他勢必要穿著雨衣出門，而且商店街離這裡有些遠，光想就很麻煩。

整個人怔愣在陽台前的落地窗，看著絲毫沒有停歇意思的大雨下著，在街上升起了一層朦朧的雨霧。

「眞麻煩。」他煩躁地將菸丟進雨中，看著它下墜，追尋著菸頭的眼忽然看到出借的傘在雨中化成了一團藍色的煙，緩緩地往這裡飄來。

撐傘的那人穿著橘色透明材質的雨衣，右手很吃力地提著兩大袋超市的提袋，不知道爲什麼，他在這樣視線不清的雨中，看見她撐傘的左手無名指上閃爍著銀光。

雨一直下，雨聲的節奏有如她行走的步伐，一滴一答的，讓他知道她離這裡愈來愈近。他趕緊拿好她慣用的浴巾，準備好她的兔子拖鞋，一切也沒得準備時只好開始掩飾自己等待的焦急，故作悠閒地在椅子上看報抽菸。

啪滴啪啪，她應該已經上一樓了，他翻看著藝文版，眼前卻是一片文字飄動過去；啪啪答答，她獨特的，像小孩子般拖著鞋子走的足音愈來愈近，他握著茶杯的手不禁顫抖。

「喂，你在家嗎？有沒有聽到我的聲音，我來了。」她還是不愛按門鈴，寧願舉起手咚咚地敲著門。她總是嫌那個鈴聲吵得她頭痛。

「連頂樓的人都會被妳吵起來。」他開門，用一貫完全沒有表情的臉孔迎接她，幫她拿過袋子，等她脫下雨衣後，丟過兔子浴巾到她頭上，粗暴地幫她擦著頭髮。「幹嘛下著大雨還過來？」

「幫你煮麵。」她咧起一個純真無害的笑，「還有來看小兔子。小兔子，你好嗎？有沒有被荼毒？」她拿著兔子拖鞋一臉憐惜地和上面的兔子臉碰碰鼻子，向它說話。

「笨蛋，再怎麼樣我也不會把它煮成三杯兔來吃。」

「眞不好笑。大笨蛋！要像我一樣那麼會說笑話你還早十年呢！」她吐舌頭嘲笑他。

「總比一個不會下廚的人硬要煮東西好得多。今天煮什麼？番茄、火腿、迷迭香……又是番茄醬火腿義大利麵？」他拿出袋子裡的食材一一細數，最後拿起包著義大利麵的袋子及麵撈，「敢情妳自始至終只會一道菜？」

「是義式迷迭香番茄火腿義大利麵。」她嚴肅地說完一長串拗口的名字，「要吃不吃隨便你。不過我看你還沒吃飯吧？這麼大的雨，是不是嫌出去買很麻煩啊？」她惡意地笑笑。

「好吧，沒辦法吃好吃的，隨便吃吃也可以接受。」

「你給我等著，到時候就不要說好吃唷！我可是又有練過。」她自信地繫上圍裙，抱著眾多食材進廚房。不久後就聽到一陣清脆的刀落砧板聲。

他又燃起了一根菸，走向廚房門口，斜倚在冰箱上，看著她快樂地哼著歌切著火腿末及番茄片。旁邊的鍋中正煮著熱水，等它們沸騰後她就會放麵條下去。另一個小鍋子中熱著些許橄欖油，它們正準備發出快樂的滋滋聲響，以迎接食材一起入鍋跳舞。

「欸，明天就要結婚的人，妳來這裡有跟成靖講嗎？我想他現在一定在到處找妳吧。」他直盯著她的側臉，但是她的臉在一陣煮食的水蒸氣中令人看不眞切。

「別提他。」而她的聲音也像在外面的雨氣一樣，即將凝結成雨水般悶熱潮濕。

「欸！我跟你們說，我學會煮義大利麵了唷！」一九八五年，他們正要升國三的暑假，校園裡的蟬像是要鳴唱掉自己的生命般大聲叫著時，她甩著一頭西瓜皮跑來學校東邊的圖書館庭園。成靖和他蹺了課，然後爬上樹偷看漫畫以免被訓導主任發現。然而她總是知道他們躲在哪棵樹。

她仰起頭，一臉興奮地跟他們說：「下次煮給你們吃，番茄臘腸義大利麵，非常非常好吃的！」

「妳煮的東西很好吃？妳好會說笑話！」他和楊成靖相視怔愣了一下，隨即不信地笑得東倒西歪，連楊成靖拿在手上的漫畫彷佛也大聲笑她般的掉落在她頭上，「上次是誰差點在家裡燒掉一個鍋子的？」

「眞的啦！這次不會騙你們，因爲我找到一個很好的師父。」意外地她不生氣，反倒是得意地笑著。

「誰？」他收起漫畫，縱身往下一跳，準確地跳到她身邊，「哪個可憐蟲願意當妳這個笨蛋的師父？」

「林皓陽。那個大學生林皓陽。」她像是要壓抑興奮一樣顫抖地說，臉龐紅通通的，比起剛才跑步的時候更加鮮潤，像是正接受夏日艷陽照射而成長綻放的扶桑花一樣，美麗得幾乎令人不能直視。

那天回家路上，他和楊成靖都一臉悶，只剩下她一頭熱地講述林皓陽教她做義大利麵的每個步驟。「皓陽哥好厲害，他什麼菜都會做。」

「真的那麼厲害妳乾脆從今天開始天天去他家吃晚飯。」楊成靖拋下這句話，頭也不回地一個翻身，就翻過他家的低矮圍牆。

「他怎麼了？」她一臉狐疑地問。

「生理期吧。我家到了，明天見。」他講完話同樣像是要逃離某種事物般，快速地走向不遠處他家的大門，準備拉開走進去時——

一隻小手拉住他的衣角。「別想逃，你們一定要吃我做的義大利麵唷，我明天就帶給你們吃。」她笑得燦爛。

他盯了一下她的笑臉，推開她的手走進去。

「維定回來啦？洗手吃飯囉。」媽媽的聲音在廚房響起，「剛剛我好像聽到佳穎的聲音，她很久沒來我們家了，怎麼不找她來家裡玩呢？你們小時候不是很好嗎？」

他悶不吭聲，靜靜地走向房門。

「怎麼不答話呢？你這孩子！」媽媽的聲音變得有些惱怒。

「人家交男朋友了，沒有時間來我們家玩。」他不知道爲什麼脫口而出這句話，說完後若有所失地怔愣著。

不顧媽媽責難的目光，他逕自回到房間轉開廣播，潘越雲唱著「愛的箴言」：「我將春天付給了你，將冬天留給我自己。」他用枕頭蒙起了頭，潘越雲隱隱的哭腔還是充斥著耳膜揮之不去，「我將你的背影留給我自己，卻將自己給了你……」他張開手，想看看手中有些什麼，發現一點東西都沒有。

窗戶玻璃傳來扣扣的聲響，是楊成靖。他看起來臉色十分不好，也是沒有吃飯的樣子，爬過牆來敲窗子。

「我想找你聊天。」楊成靖指指窗外被昏暗的水銀燈照耀的街。

一直以來，他、她及楊成靖都是以這樣的方式傳訊息，只要誰想講什麼，爬到別人家的窗戶外敲個三聲，就能找到人，很方便。

他爬出窗外，看著對面她的窗子亮著燈，拉上的窗簾好像被晚風吹啊吹地舞動著，然而窗子裡面的女主角不在那裡。

「我眞的寧願她和你在一起，而不是林皓陽。」楊成靖的話有如白色粉筆一樣鮮明地圈出他們對她隱藏的情緒。

從小到大一直都是這樣，他和成靖一直保持著微妙的平衡，就像站在翹翹板的兩端一樣，而翹翹板的中央就是她。他們同時緩緩地向她前進著，默默地比賽誰能最先接觸到她。然而在此之前，他們都已經被淘汰出局，公主已經從這個翹翹板離開了。她不會因他們而明艷，只有爲了林皓陽，她才能變得如此神采奕奕且美麗。

他往上望。窗簾被突然襲來的強風吹掀了一角，他看到她開心地拿著粉紅兔子的電話講著，那一瞬間他覺得她的房間和他的距離很遙遠，他再也沒了輕鬆攀爬到她的窗子敲玻璃說哈囉的勇氣。

從那天之後，他們的午餐一直吃著義大利麵。她堅持林皓陽告訴她的菜名而一直正名著：「各位先生們，請叫它義式迷迭香番茄火腿義大利麵。」一臉認眞。

「那麼長，記不住啦！」楊成靖打著哈哈，用叉子翻攪著她用便當裝起來的義大利麵，「看起來紅紅的，一坨一坨的，妳到底會不會做菜啊？」

「重點是味道，味道！我看問你也沒有用吧？你這個不懂美食的粗人。我問維定好了。」她期待地轉向他，用雙手在他發呆的眼前揮揮，「好不好吃，好不好吃？」

他什麼也沒說，沉著聲：「妳等我一下。」跑步翻過學校的圍牆，不一會又翻回來，提著一包塑膠袋。

「把手伸出來。」他從塑膠袋裡拿出一個東西，撕開包裝。她乖乖地伸出手，只見十隻指頭不是刀傷就是燙傷。

「天哪，妳怎麼把自己搞成這樣？」楊成靖皺著眉頭。

她聞聲慚愧地低著頭，「火腿我第一次切，沒想到硬邦邦的……然後煮開水的時候不小心碰到鍋子，加上在炒的時候橄欖油一直飛濺出來……」

「別說話。」他從塑膠袋中拿出碘酒及棉花棒，「阿靖，你去洗手，等一下幫我貼ok繃。」用眼神示意剛剛撕開包裝的東西。

「你剛剛出去就是買這個？」楊成靖驚訝，「好吧，你們等我一下。」

他抬頭看見她充滿感謝及抱歉的眼神。他不自覺地哼起了歌：「我將春天付給了你，將冬天留給我自己……」像是確定什麼一樣看著她的眼睛。

「對不起。」她的聲音愈來愈低。

他什麼都沒說，繼續爲她的十指細細塗上碘酒，然後一個一個包上ok繃。

多年以後再想起這一段，他總是情不自禁地大笑，然後從冰箱拿出啤酒猛灌。不是笑年少的痴傻，而是笑現在的自己仍如同年少一樣。如果她現在再跟他說她想要天上的月亮，他一定還是會默默地、奮不顧身地摘給她。只是從頭到尾，能給她最完滿、最漂亮的月亮的人，從來都不是他。

他看著呆坐在餐桌椅上等待水滾的她，如同那時一樣心傷至無神。

某日悶熱至極的下午，她敲了敲他家的門，突然說要煮義大利麵給他吃，想借用他的廚房，提了一大包食材走了進來。他不明所以，找了楊成靖來準備一起吃，沒想到看見的是廚房裡，她正低頭專心煮麵，臉上是蜿蜒的淚。

他兩手握緊，拳頭內藏著衝上去擁抱她安慰她的勇氣，然而，楊成靖比他先一步走上前緊抱著她，用力地搖著她，「妳怎麼了？不要哭，不要哭！」楊成靖心慌地說。

而她像是軟化某種堅固的僞裝一樣，在楊成靖的懷中癱倒放聲大哭：「成靖，我不夠好，我不會煮菜，林皓陽不要我了……」

「不要哭，不要哭！我幫妳打他，我幫妳揍他！」楊成靖拙劣地安慰著她，他不停地拍著她的頭，「還哭？還哭？愈哭愈醜，一點都不像可愛的小白兔！」

「我一點都不可愛，我被遺棄了……」她的淚不止。

「不要哭……」楊成靖不知道說什麼好，只能更緊抱著她。

他則是走了出去，買了包菸點了一根。Davidoff 的味道辛辛辣辣的，嗆得第一次抽菸的他猛咳直冒淚。

「不要哭。」他對著屋子，無聲地說出這三個字。

翹翹板的遊戲再次開始，然而成靖和他已經不一樣了，他走在自己前面，抱住了她，先到達了終點。

而他，敗給了自己的游移不定。

「欸欸，我做好了。義式迷迭香番茄火腿義大利麵，上菜！」她扯掉圍裙，端出兩盤有著璀璨紅色的義大利麵，輕輕放在桌上。他把電話放下，從餐具櫃裡拿出刀叉。

「要喝酒嗎？我這裡有別人送的紅酒。」他拿著兩支紅酒，端詳著要開哪一瓶。

「不要。我要喝啤酒，五百 ml 裝的那種。」她堅定地搖搖頭。

「笨蛋。妳如果喝醉了，吐得我這裡滿地都是義大利麵的話，很難清理又噁心。」他開了一瓶海尼根，倒了一半在玻璃杯給她。

「不要給我一點點……小氣鬼！」她捧著酒杯邊抽動著鼻子，眼眶看得出來紅紅的泫然欲泣，「欸，你還記得嗎？以前你曾經幫我在受傷的手指上敷藥包紮？以前你老是幫我摘路上我看到很喜歡的花？你從以前一直陪著我，關心我，默默地陪伴我。我是不是跟你在一起比較好呢？是不是？」她一口氣喝完杯中的酒，再度哽咽。

他直直地看入她的眼裡，那裡寫滿了她不願再受傷的訊息。她是如此單純地想找個人依靠，但同樣的，這種單純有時是一種殘酷。他定睛看著她，心中晃過無數句話：「妳不可能跟我在一起的，因爲妳不可能愛我。就算妳試著愛我，到後來妳也會覺得痛苦，因爲我們太不相像。我只能在妳身邊默默地守護妳、陪著妳，卻總是無力爲妳做些什麼，而成靖卻有擁抱妳、給妳實質支持的勇氣，那是我無法給妳，卻是妳最需要的。」

然而最終，他還是沒有說出口。他把剩下的啤酒再倒入她的杯子裡，溫柔地說：「喝完了這些，成靖也差不多快來了。衛生紙給妳，哭成這樣等下會被笑。」他俯下身拿給她，卻被她握住手。

「你一直都是這樣，如果……如果……」她早已泣不成聲。

他只是微笑地拍拍她的頭，「不要哭。」

他知道她想說的話：如果你有勇氣抱抱我，告訴我你愛我，我們就能在一起了。或許多年以來他只希望她知道他的心情，只希望她能幸福，至於給她幸福的那個人是不是他，就變得不重要了。

他知道成靖會給她幸福的。

「喂！你們在裡面嗎？」門外傳來楊成靖著急無比的聲音。他前去開門，隨即看到楊成靖一頭蓬亂的頭髮和皺著不成樣的西裝。

「成靖，你怎麼一副邋遢……」她訥訥地開口，想說些什麼，但是話尾被隱藏在楊成靖的表抱裡。

「對不起，對不起，我不會再惹妳哭了。」楊成靖緊抱著她。

「笨蛋笨蛋笨蛋笨蛋！」她拚命搥打，用力地把鼻涕眼淚抹在楊成靖的衣服上。

「原諒我了嗎？回家了？要不要再試穿一次禮服？」

「好。」她抽抽鼻子，用力點點頭。

楊成靖轉過身，他們交換了一個眼神，彷彿是將所有關心、愛戀及思念全部交接給楊成靖般，他拍拍楊成靖的肩膀。

「好好照顧她。」他說。

「我會讓她很幸福的。」楊成靖給了一個承諾的微笑。

他看著他們離去的背影，幸福甜蜜到連被樓梯燈照耀的影子都不分離。關上門，他轉開音響，DJ 的聲音輕緩地從喇叭流洩出來。

「今天是懷舊專輯，首先要播放的是，潘越雲的『愛的箴言』。」

他坐在餐桌前，義大利麵的香氣讓他不知覺地拿起叉子。「你的背影留給我自己，卻將自己給了你……」低沉歌聲迴蕩在屋子裡。

他捲起麵條，沾染在麵條上鮮番茄醬汁在燈光下顯得澄亮美麗，就像從一九八五年開始熬煮，埋藏在心裡的長遠思念一樣，深沉及紅艷。

他吃下它，流下了一滴淚。

作者介紹 About

瑪兒，愛抱著貓窩在家看黑白電影、或瘋狂聽搖滾音樂，然後寫作，享受極端。

西元開始，我將娶妳

◎洛心

君結婚時才二十一歲。那年，我十七。

我一直不知道，君爲什麼會那麼早結婚。雖然說是青梅竹馬，他卻很少跟我提到他感情的問題。

參加君婚禮的人不過小貓兩三隻，雙方家長都沒有出席。只有幾個朋友勉強湊成一個婚禮。我還記得那天我穿著唯一的小禮服，溜過了爸媽的眼線，偷偷地跑去參加他的婚禮。

君穿著一襲黑色的西裝，後來才知道還是跟朋友借的。而新娘，我從未見過。她素雅淡妝，白色的禮服樣式有點老舊。

看著君挽著她在我面前介紹時，我突然心中一忿。

和他相識幾乎十五年，我居然從未知道他有這樣一位可以結婚的女友。

一瞬間，我覺得十五年來的友誼，他似乎從未珍惜過。

很多很多年以後，我還是能清楚記得，那年君才二十一歲，挽了一個我從未謀面的女孩在我眼前出現。

其實，沒有所謂的恆久不變，但是，也許只有我記得，他十歲那年，在公園摘起紅色的花，信誓旦旦地告訴我：西元開始，我將娶妳。

那時候，他還有稚氣的童音，對於所謂的西元，他不懂涵義，我也不懂。

依稀覺得那是句很慎重的話。十歲的小孩說在口裡顯得特別沾沾自喜。

那時候，六歲的我，抱著可愛的笑容，痴痴地等著那西元開始。

等到我長大了，才恍然大悟，其實，西元早已開始，只不過，他娶的，不是我。

西元開始，我將娶妳。

看著他和她挽著。

那幼小的身影和那朵紅花，還有那稚嫩的聲音，又在我腦海中緩緩響起。

西元開始，我將娶妳。

然而，西元早已開始，早就開始……

婚禮上，也許少了家長的祝福，卻因爲沒有家長，朋友們玩得更凶。

小足的父親是個慈祥的牧師，也許胸懷偉大的愛，他從頭到尾都抱著可親的笑容，宣布君和他的新娘爲丈夫和妻子。

很可笑，我居然還是從神父宣布那神聖的禮詞時才知道，原來君的妻子叫小玫。

簡單的儀式完畢，一群人跳上小綿羊往下一個陣地，君的單身套房，轉移。

喔，我是否忘了說，君是我們這條巷子的拒絕往來戶。

除了我以外，巷子裡的人幾乎不和他往來。我不知道君是什麼時候搬進同樂巷裡的，只知道我有記憶以來，那孤小拍著一顆大籃球的身影就一直在巷子底孤立地存在著。

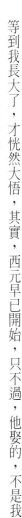

我想，我是第一個接近君的人，也許，也是唯一的一個。

君不是個不好相處的男孩，或許那時候還小吧，他無比地孤獨，而我則無比地好奇。

「大哥哥，這是什麼？」

「妳……」

「圓圓的，是不是西瓜？」

「笨蛋，這是球！」

那是一個炎熱黃昏的午後，我拿著冰棒，搖搖晃晃地走近他，好奇問著。

他似乎愣了一會，沒想過有人會來跟他打招呼，而且，還是一個包著尿布，打著兩隻麻花的小胖娃。

我好奇地盯著那會跳的西瓜，露出一臉白痴樣。

也就在那時候，君回復了小男生有的天生霸氣，一副老氣橫秋的樣子。

三歲的我，那時候立刻對這位大哥哥產生了無比的崇拜。

「妳的冰棒要融了。」他抱起幾乎要比他頭還大的籃球，指著我手裡的冰棒。

「大哥哥要不要吃？」我看看冰棒，再看看他紅通通的臉，問著。

他矜持了一會，才一臉不屑地說：「妳如果不要的話，我幫妳吃。」

我張開缺了一顆牙的嘴，露齒一笑，笑嘻嘻地把冰棒給了他。看著他滿足地吃著被我舔得全都是口水的冰棒。

那是一支五元的手指冰，但在他的手裡，卻好像變成一碗七八十塊的雪綿冰一樣珍貴。

那午后炎炎夏日，我並沒有看到他把冰棒吃完。

媽媽在巷子口呼喚著我，我看著還在吃冰的他，傻呼呼地問：「我叫凡凡，哥哥叫什麼？」

「駱君。」炎炎的午後，他握著我的冰棒，說著。

「君哥哥。明天我再找你玩。」我笑著，在母親的呼喚下，一蹦一跳地走回巷口。

我想，如果那時候我能回頭，將會發現，一個七歲男孩臉上，在陽光照耀下有著淡淡的淚珠。

「小凡，你花呆？」小足操著台灣國語，甩著手上的車鑰匙，把我從回憶裡搖起。

「啊？」我無意識地叫了一聲。

「他們都走了，我棉也走吧。」小足說著，拉著我上了他的小綿羊，油門一催，追著前面已經不見蹤影的機車隊。

聽著風呼呼地吹過，我看見了在前頭一襲白紗的小玫，正摟著君的腰，坐在他摩托車後頭。

那一瞬間，我只覺得風，在笑我。

曾經，那是屬於我的後座，什麼時候，變成她的？

到底是什麼時候？什麼時候……

爲何我一點警覺都沒有？爲何似乎像是從夢裡醒來一般，昨夜還美好，今朝就物換星移？

「小足，騎快一點，超過他們。」我抱緊小足的腰，要求他。

「沒問題。」小足嘿嘿一笑，把油門催到底，沒兩秒就和君的車子同行。

在那刻，我故意回頭，看了君一眼。

他眼中閃過訝異，卻沒有加快速度。沒有一會，小足就遠遠地把他撇在後頭。

我回過頭，眼淚緩緩地滾落。

君不再騎快車了。因爲，他後座載著他想保護終生的女人。

是的，他一輩子的女人。

而那，曾經是我做過的一個美夢，如今，卻是那麼遙遠不可及。

不可及。

君的單人公寓在同樂巷的底端，我家則在同樂巷的巷口。藉口要回家換去這身可笑的小禮服，我要小足先載我回家。

摸進家裡，我換上大襯衫和磨破的牛仔褲，把刻意綁起來的公主頭扯了下來。又摸了半天，才再度踏出屋外。

我緩緩地走著，往同樂巷底走去。

那是一段不到兩百公尺的距離，記得，以前我總是不用一分鐘就可以衝過去；現在，我卻覺得怎麼走，似乎都走不到。

君的朋友都是他在學校和工作時認識的。就像我所說的，他和同樂巷的人不合，除了我之外。走到君的公寓門前，隔著那刺眼的陽光，我抬頭看著君位在五樓的住所。以前，整條同樂巷，只有我陪著君；而現在，同樂巷裡多出了一個人，她不只在同樂巷裡，更在他心裡。

我用極緩慢的速度爬上五樓，到達君家門口時，看到一堆鞋子。我已經可以想像明天這裡三姑六婆的不滿和批評聲了。

轉了轉門把，門是鎖著。

按了電鈴後，我才遲鈍地把手伸進口袋裡，拿出君給我的鑰匙。

就在我打開門時，裡頭的人也剛好轉開了門。出來應門的，是還穿著白紗的小玫。我沒有錯過她看見我手上鑰匙時的那絲錯愕。

一瞬間，我有一種無法形容的快感。向她微微頷首，我自顧自地進了門。不想，也不爽跟她解釋爲何我有君房子的鑰匙。

小小的公寓裡聚集著十來人。有人玩牌，大部分的人喝酒。君則和小玫並坐，與其他朋友聊著天。我坐在小足身邊，看著他玩牌，心思卻又開始沒有焦距地渙散。

我已經想不起來，第一次到君家是什麼時候的事情。

不過印象最深刻的，倒是國二那年。

那一年，父母都北上探親去，只留下還需要上暑期輔導的我。那天，中午轟隆隆地先是打起晴天雷，沒兩下子，烏雲佈滿天。

然後，該死的下起雨了。

我蹲在穿堂，看著可以淹死人的大雨，用手在冰涼的磁磚上畫著圈圈，心裡祈禱著雨勢快停。我討厭打雷，雖然說不上害怕，卻討厭那種一聲一聲打入人心的感覺。

揹著笨重的書包，看著半樓高牆上的時鐘已經緩緩地走到下午三點。

我等了兩個多小時了，雨勢還是囂張地下著。

又等了十五分鐘，我終於受不了地往外面衝出去。

雨，果然可以殺人。

跑沒幾步，我已經可以感覺全身從外衣濕到內衣去了。折回去也不是，只好頭一低，悶悶地用最快的速度往家裡跑。

好不容易，在雨淹死我以前，我跑回了同樂巷。站在門口著急地找著鑰匙。

鑰匙？東摸西摸了半天，居然沒有鑰匙的影子？

我又不死心地把書包裡的東西全部翻了一次，還是沒有。

雨開始打痛我，冷到心裡面去。

我急得眼眶都紅了，一半是酸雨，一半是眼淚。

就在我準備認命讓這雨淋昏我，有人大聲叫了我：「凡凡！」

我愣了一下，回頭，紅通通的眼睛和差點流出鼻水的鼻子對上了他青黑的臉。

「嗚，君哥哥。」我擤了鼻子，可憐得像頭小狗。

「妳這白痴，想被雨淋死嗎？」他迅速地脫下外套，把我包得緊緊的，「鑰匙呢？」

「不見了。」我無辜地說著。

「笨蛋！」他說完，一把扛起我，把我丟到他的機車上，接著自己跨上去。

摩托車像隻吃了炸彈的馬，轟轟噴著氣，一瞬間就到了同樂巷底他公寓前面。我跳下車子，他打開褪漆的紅色大門，把車子牽到地下室去。

「哈啾。」我打了一個大噴嚏，差點把鼻涕噴到他外套上。心虛地看了看樓梯口，確定他還沒上來，才沒形象地把鼻涕擦掉。

「上來。」果然在我把鼻涕解決以後，他從地下室上來，替我揹了書包，牽起我的手。我跟在他後面，上了五樓。

他打開門走了進去，我則在門口遲疑著。

「做什麼？進來啊。」他回頭，不解地問我。

「我……我會弄濕地板。」看著擦得發亮的地板，我躊躇著。

「拜託。」他不耐煩地皺了眉，「快進來，等等感冒。」說完，他又伸手把我拉進房裡。

我被推到客廳中央，君拿了一件大浴巾把我像肉粽一樣緊緊包起來，霸道地命令我坐在沙發上等他。見他轉身進了浴室，過了一會，傳來嘩啦啦的水聲。

我不滿意地皺眉頭。他怎麼把我丟在客廳和一條浴巾奮鬥，自己卻跑去洗澡？想像著那冒著熱氣的熱水，我眞是一肚子羨慕。

隔了一會，我冷得臉色有點發青，浴室的門又打開了。君哥哥走到我前面，一把拉起我，半推半拉地把我塞進浴室：「水很湯，下去時候小心。泡個十五分鐘再起來！」

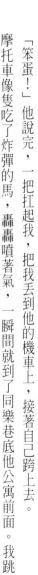

看著那一缸冒著熱氣的洗澡水，眼眶一紅，鼻子一酸，我試了試水溫，滑了進去，舒服地在裡面泡著。

「君哥哥，下雨了耶。」

「妳這笨蛋，在這裡淋雨？」

「可是涼涼的耶。」

「笨蛋！外套給妳遮雨。」

「君哥哥，我不會冷啊，可是你怎麼流鼻涕了？」

「這……這哪是鼻涕？笨蛋！這是……咳……雨水……哈啾！」

泡在浴缸裡面，窗外的雨聲似乎回到了童年那次的傾盆大雨，我發誓。那是鼻涕，雖然君哥哥死不承認。

模模糊糊在霧氣中，我看見了君哥哥的樣子。從那年的七歲、八歲、九歲、十歲……直到現在的十四歲。

不知不覺中，君身影漸漸拉高，肩膀寬了起來，力氣變大了，一張稚氣的臉不再，似乎整個人變了一圈，唯一不變的，好像就是他每次叫我的感覺。

那種關心，沒有因爲時間而變，沒有……

「凡凡，妳悶死在裡面了嗎？」君哥哥的聲音在浴室外響起。

「唔……」我一驚，身體往水裡一滑，喝了幾口水，才趕忙順氣，「沒……沒有。」

「快出來，都要半小時了！」他的聲音隔著浴室的門悶悶地傳進來。

我趕忙跳出浴缸，套上了君哥哥放在置物架上的乾淨衣裳。

那是一件洗白了的T恤，和一件君哥哥國中時所穿的學校運動褲。即使如此，穿在我身上還是鬆鬆垮垮的，看起來很滑稽。

果然，在我一踏出門外，君哥哥本來板得死青的臉突然眉毛一歪，笑了出來。

我只能站在那傻傻地跟著他呵呵地笑。

「小笨蛋，過來。」他走進房間，坐在單人床上，向我招招手。

我乖乖地走到他身邊，他把我拉進他雙腿中間，讓我背著他，耐心地替我擦起頭髮。濕漉漉的我，高興得像頭小狗。

「妳喔，國二了。能不能長大點？」他笑著摸摸我的頭髮。

呵呵，我還是只能傻笑著看著他。

他抱著我，摸摸我的頭髮，哼著流行的歌曲。

如果能夠這樣一直下去。我想，我不要長大。

不要。

親暱摸著我的頭頂，是君一向的動作。

摸摸我的頭髮，我的頭髮……

「討厭！」刺耳的女聲在我隔壁響起。

一回頭，我看見他正摸著小玫黑亮的頭髮，在她耳邊說著什麼。小玫笑得眼兒都彎了。

很刺眼，非常地刺眼。

我瞇著眼睛看著那熟悉的動作。

回憶和現實交織在一起。我眨眨眼睛，想告訴自己這是幻影，想讓那摸著我頭髮的君哥哥出現。

偏偏，眨了眼睛以後，小玫的笑沒有消失，君哥哥也沒有改變。只不過，他摸的頭髮不是我的。

這時候，我才領悟到，不論我願不願意，此時此地是現實，而回憶，才是所謂的幻影。

我眨了眨眼睛，眨了眨眼睛。

酸酸的，空空的……

世界似乎在我沒有發現的時候，改變了。

那種關心，沒有因爲時間而變。

至少，我曾經是那麼認爲。

幸福的人終究會幸福，不需要鑽石或者流水席一百桌。

這是一個簡單的婚禮、簡單的筵席、簡單的賓客，我不想承認，卻無法用除了幸福以外的字眼去形容這場婚姻。

打了一個下午的牌，聊了一個下午的天。這二十幾個窩在君家的人終於想起該吃飯這回事。

我呆坐在沙發上，看著大夥兒搬桌子抬椅子，有些則在廚房煞有其事地忙著。

三十坪不到的單人公寓聚集了二十來人，看起來特別擁擠。從來沒有想過君的公寓裡會有這麼熱鬧的一天。以前，總是只有我和他。

他生日，我生日，似乎，一個蛋糕、幾根蠟燭和我們兩人就是全世界。什麼時候，我們的世界進來了這些人？為什麼我沒有發現過？

我努力地想去回想，最後一個屬於我們兩個單獨的生日夜是在幾年前？去年？還是前年？或者更遠以前？

我甩了甩頭，回憶很多，卻抓不起來哪年是哪月。

在我腦海裡的君，一下子是穿著新衣的小男孩，一下子是打籃球流滿身臭汗的國中生，一下子又變成了那個抱著籃球孤獨在巷底的七歲，再一搖身，他又騎輛機車載著我上下課。

我還記得，那年他戴著新帽，我穿著新衣，在同樂巷底點了第一個水鴛鴦。

還有一年，我被男生欺負，他跑去替我出氣，雖然鼻青臉腫地回來，臉上卻有著滿滿的驕傲。

他還教我打籃球，曾經我以為是西瓜的籃球。

那一年，我們曾手牽手，一起在同樂巷裡跳著房子。

一直以來，都是我們的，我們。

「小凡？」

「啊？」

「妳又花呆了，嘖嘖，妳怎麼回事？今天一直花呆？」小足伸手在我面前晃了晃。

「沒有，只是……只是……」

「只是餓了？」小足調侃地說著。

「呵呵，大概是吧。」我裝傻地摸了摸頭，跟著他笑。

「叫了妳好幾聲吃飯了。」小足拉起我，把我帶到餐桌旁邊。

這時候我才發現，在我努力思考著流光時，他們已經把一桌飯菜都準備好了，眾人早迫不及待地圍在那張不大的餐桌邊。

我被小足拉到他身邊的座位，抬眼一看，我看見了對面的君，當然，還有他身邊的小玫。

飯桌眞的很小很小，小小的，不到兩公尺直徑。怎麼，我卻覺得和君的距離有兩萬公尺般遠？

同樂巷有兩百公尺，我和他喜歡站在巷頭巷尾，在日落回家的時候，拚命地、比賽般地往另一頭大喊：再見。

現在，我們之間只有短短不到兩公尺，他卻聽不到我心裡的吶喊。

「小凡，想要吃什麼？」小足把碗筷給了我，問著。

我把思緒調回桌上的食物，不禁笑了出來。桌上有麥當勞，有肯德基，有 pizza ，還有大盤的各式中菜。

一點結婚喜宴的感覺都沒有。

我隨便指了指桌上的魚，「我要吃魚。」

小足應了一聲，正要伸手夾魚給我，另一雙筷子卻比他更快。君已經夾了一塊魚肉放到我碗裡。他沒有說什麼，只是笑著看了我一眼。只匆匆一眼罷了，因爲他的視線馬上回到了小玫身上。

我看著盤裡那塊魚肉，眼眶紅了起來，卻沒有哭。

我找不到讓我哭的理由。

在吵鬧的人雜聲中，我的心很澀，澀到痛，卻流不出眼淚。

君的朋友都很健談，飯桌上每個人都嘰哩呱啦地說笑著。他們高興地吃著菜，大口大口地喝著酒。我環顧四周，每人桌上都是一杯黃色液體的酒。

只有我，杯子裡頭有的是透明的汽水。

我是那麼地格格不入。

剎那間，整屋子的吵雜聲都慢慢褪去，只剩下我一個人和碗裡那塊魚肉。

我開始質疑我自己，我在這裡做什麼？眞的，我到底在這裡做什麼？

這裡有的是君的朋友，有的是他的妻子，有的是他的笑聲。

這裡，是他的世界。

在我沒有發現的時候，他已經退出我們的世界，有了他自己的。是我自己，依然傻傻地留在那裡面張望。

這些人並不是外來者，我才是！我才是踏入他們世界的外來者！

不論我願不願意，想不想承認都好，君哥哥早已不是那個抱著籃球孤單一人在同樂巷裡站著的男孩，他已經有了同樂巷以外的街道。

即使我還是那個追在他身後跑的傻丫頭，我還是無法改變，他已經離開只有我們兩人的同樂巷這樣事實。

「凡妹妹？」女主角開口喊我了。

我抬頭看看她，不知道該說什麼。

「凡妹妹，我常聽駱君提到妳。聽說你們是青梅竹馬？」小玫笑得很誠懇。我知道，我眞的知道。只是，她的笑現在看起來好刺眼。

「是嗎？我倒從來沒有聽君哥哥提過妳。」尖銳的話句，在我能思考前脫口而出。

整桌的人全部安靜下來，睜著二十幾雙眼睛看著我。

小玫還是笑著，卻笑得有點僵硬。

氣氛，詭異地沉默著。

一瞬間，我以為會有什麼爆發。

「來來來，駱君，你跟小玫要有所表示啊！」小足解了這個尷尬。

「表示什麼？」氣氛一緩，君又露出輕鬆的笑。

「你這豬頭，當然是接吻給我們看啊！」

這個提議似乎很好，不但緩了尷尬，還熱了氣氛。只見飯桌上的人又敲碗又敲杯子地起鬨。對於剛剛的那一瞬間，絲毫不在意。

君聳聳肩，笑了一笑，拉住小玫，頭一低，眾望所歸。

看著他們四唇相交，一股情緒在我心中竄起，剎那間，呼吸停止，心，絞痛了起來。

很痛，莫名其妙的痛。

同樂巷
我的記憶，還是停留在你孤獨的身影上
同樂巷
你的故事，卻在沒有我時依然燦爛寫出

「君哥哥，他們在做什麼？」

「咳，小孩子別問那麼多。」

「可是，那大哥哥為什麼在咬大姊姊的嘴？」

「笨蛋！他不是咬她，是親她！」

「哇！好好玩喔。君哥哥，我可不可也那樣親你？」

「啊？咳……不可以！」

「為什麼？」

「因為……妳只能對妳喜歡的人那樣做。」

「咦？喜歡的人？我喜歡君哥哥啊！」

「不是那個喜歡啦！」

「不然是哪個喜歡？」

「就是……就是……」

「君哥哥，你為什麼臉紅了？」

「笨蛋！誰臉紅了？」

不是那個喜歡？那是哪個喜歡？

六歲時問的問題，我想我現在有了答案，只是，是不是遲了些？

整頓喜宴，就在我的自問自答裡過去了。

我沒有發現桌上的盤子都已經被掃光，就像我沒有發現君已經離開我的事實。

也許，在什麼事情上我都慢了一拍：幼稚園成果發表會，我的鋼琴總是彈慢一拍；

喜歡的小洋裝，在我慢一拍的行動中，讓人買去了那最後一件；喜歡的電影下檔了，我才想起要去看；要睡覺前夕，才想寫功課沒寫完；考試考完了，才發現該念的書我全沒念到。

其實，這些都不是大事。鋼琴雖然慢一拍，君還是會聽得很仔細；小洋裝被買走了，君會買另一件給我；電影沒看成，他租了錄影帶回來；功課沒寫完，挨了老師的罵，哭哭啼啼地找他抱怨，他會摸摸我的頭，以後定時提醒我寫功課；考試考差了，他會盯著我下次考試的進度。

慢一拍，沒問題的，因爲有君哥哥。

我一直都這麼認爲。

只是，現在呢？

我慢一拍發現了我的感情。

其實，眞的只是一拍，他才二十一歲，不該結婚的。

或許這次並不是我慢一拍，而是他超越了我，快了一拍。

「再一次！再一次！」四片唇分開了，眾人意猶未盡。

他們鬧著，叫著，一次又一次，要著君和小玫接吻。

我空洞地看著他們合了又分，分了又合的四片唇。

時間在他們的嘻笑中流過，我渾然不覺。

夜深了，大家還是嘻笑著。

餐桌上只剩下我，和那碗涼掉的湯。

他們唱歌，喝酒，打牌。

「凡凡？」很熟悉，卻感覺很陌生的聲音傳進了我的耳裡。

我想，是幻覺。

「凡凡？」

「啊？」直到聲音明顯地從我右耳傳入，我才又不知道第幾次回過神。

「小足說的沒錯，妳今天老是發呆。」君拉了椅子，坐到我旁邊。

他伸手，想摸我的頭，我卻一個直覺反射地閃掉了。

我和他都明顯一愣。

「小……小玫姊呢？」我尷尬地開口。

「她累了，先去休息了。」君笑了笑。

「喔……」我慌亂地不知道該說什麼，只能隨便下意識開口：「你……你都沒有跟我說……說你有女朋友。」像控訴，我說著。

他一愣，露出一個恍然大悟的笑容，「妳不會爲了這個生氣一天吧？」

我想告訴他，不是生氣，卻開不了口。

「我和小玫認識挺久了。」他端起我的汽水喝了一口，「大概三四年了。」

「你……你很喜歡小玫姊？」我結巴地問著。

「喜歡啊。不然怎麼會結婚？」他的笑容擴大，「跟她在一起很舒服。她是除了妳以外，讓我覺得最舒服的女孩子。」他伸手又想摸我的頭，卻在怔了一下後，緩緩地放下手。

那……爲什麼不是我？

我想問，卻還是開不了口。

除了我以外？既然有了我，爲什麼還要她？你不是說過，我們會手牽著手永遠在一起嗎？

是什麼讓你改變了？是什麼？

千百個問題在我心中打轉，我卻始終沒有問出口。看著君的臉，我的眼眶慢慢模糊。童年的回憶，湧了上來。

我才十七歲哪！

對世界應該是充滿了好奇，怎麼這一刻，我看著君的臉，突然覺得好徬徨。我才剛踏出這世界一小步，就遇到這樣的轉變？

到底是我逗留原地，還是世界本該如此？

「哇！君哥哥，蚱蜢，黑色的！」

「笨蛋！那是蟑螂啦！」

「嗚嗚，君哥哥，你上課了，我怎麼辦？」

「傻瓜，我下課就來陪妳啊！」

「君哥哥，隔壁女生笑我是醜八怪。」
「誰啊？我去扁她。」

「君哥哥，我的汽球飛了……」
「傻瓜，這是好事。」
「好事？」
「因爲汽球喜歡天空，所以應該讓它們快快樂樂地在一起。」
「汽球跟著天空就會快樂嗎？」
「會啊，因爲它們互相喜歡。不但會快樂，還會幸福。」
「那我和君哥哥是不是也會幸福快樂？」
「笨蛋，幸福快樂不是這樣用的。」

回憶又上來。
幸福快樂嗎？汽球和天空？
童年時的比喻，我似乎明白了。
汽球和天空……

「君哥哥，」終於，我的眼淚滾滾而下，「你要幸福快樂……一定要喔。」我哽咽著，可笑地說出這句話。

「傻瓜，哭什麼哭！來，我抱。」君笑了。他抱著我，安慰著。

是的，君哥哥，請幸福快樂。

她是你的汽球，耀眼的大紅汽球。

請幸福快樂。

雖然你將不會發現，在那顆又大又紅的汽球下，還有一顆小小的，灰色的，曾經一直努力著，往你這片藍天飛去的小汽球。

君哥哥，請幸福快樂……

你口中的幸福快樂，是不是就是這樣用的？

你瞧，我學會了……

「笨蛋，幸福快樂不是這樣用的！」

「那怎麼用？」

「以後妳就會知道了。」

「喔……」

請幸福快樂。

請你幸福快樂。

我想，我，懂了。

並沒有留到所謂的鬧洞房，因爲我誤把啤酒當作汽水，狠狠地灌了一大杯。等到我發現口中的汽水又苦又澀時，杯子已經見底了。

我看著屋內玩得起勁的眾人，輕輕地笑了。

起身，頭很昏，歪歪倒倒地，我走著S型，摸到了門邊。

悄悄地打開門，穿上鞋。然後，我並沒有忘記那把鑰匙。

輕輕地，不發出任何聲響地，我把鑰匙留在地板上。

踏出門，我掩上了門，依然輕得跟貓一樣。

在門關上的瞬間，我聽見心中有什麼掉落，筆直地掉落，往深不見底的淵獄掉落。

我不知道它何時會落地，也許，一落地，心就會碎了。

君哥哥，請幸福快樂。

我再次無聲地說著。

下了樓梯，我打開那扇掉了漆的紅色鐵門，出了公寓，門咿呀合上。在我眼前的，是那條昏黃燈光的同樂巷。

踏上了同樂巷，燈光拉長我的影子。

我站在巷尾，往巷頭看。

路彎彎，每步都踏著陽光，
路彎彎……路彎彎……
不知道哪戶放著巫啓賢的老歌。
路彎彎……
那曾經是君哥哥最喜愛的一首歌。
路彎彎……
你說我這一生，從來沒有一點眞……
路彎彎……路彎彎……
我終於可以飛，飛得比天還要高，
看清楚這世界的奇妙。
路彎彎……
想不想你，結果都一樣。
想不想你。
想不想你，結果都一樣。
我跟著那小調哼著，視線卻再次模糊。
那天夜裡，我做了一個夢。
夢中，同樂巷依舊。巷尾有一個陌生的小男孩，抱著籃球，孤獨地站著。

一個紮著麻花的小女孩蹦著，跳著，拿著冰棒，向他走去。

然後場景一換，小男孩捧著一碗特大的八寶冰，和小女孩蹲在巷口一口一口滿足地吃著。

紅豆掛在小女孩的臉上，他不耐煩地替她拿掉，然後一口吃掉。

又一換，身子抽高的國中生，揹著書包站在校門口，一臉尷尬地等著短頭髮的國小女生。

一換，同樂巷的小公園裡，小男孩捧著一朵小紅花，氣勢萬千地走過來。

小女孩放下了麻花，長長捲捲的頭髮在空中飄蕩，坐在鞦韆上，兩隻肥肥的小腳晃來晃去。

「西元開始，我將娶妳。」小男孩把花給了小女孩，一臉認眞地說著。

「花花耶！」小女孩興奮喊著：「君哥哥，什麼是西元開始？」

「呃……」小男孩一臉尷尬，「西元開始……是一件很嚴重的事情。」半懂半不懂，他解釋著。

小女孩喔了一聲，還是不懂。「那爲什麼要娶我？」

「因爲我娶妳，我們就可以永遠在一起啦！」小男孩這次肯定說著。

「啊！是不是像爸爸媽媽那樣？」小女孩也興奮地問著。

「對對對，就是那樣。永遠在一起。」

「好！」小女孩高興地跳下鞦韆，跌了一個狗吃屎，卻又毫不在意地站起來，拍拍黑掉的膝蓋，「那打勾勾。西言開始，我……我也娶你。」她笑得天眞，口齒不清地模仿著小男孩的話。

「是西元，不是西言！」小男孩不滿地糾正，卻也伸出小拇指，「還有，是嫁給我，不是娶我！」

小女孩笑得燦爛，「西言開始，我將嫁你。」

「是西元！」

「西言？」

小男孩受不了地嘟著嘴，卻還是和小女孩打了勾勾。

西元開始，我將娶妳。小男孩曾經那麼說的。

西言開始，我將嫁你。小女孩曾經那麼回答著。

然後，小女孩的臉漸漸清晰了，她笑了，笑得很燦爛。

猛然間，小女孩長大了，手上依然拿著那朵花，小男孩也長大了，穿著一件黑色的西裝。

小男孩，是君哥哥。

小女孩，卻換成了一張陌生的臉。

仔細一看，是小玫。

小玫！

她拿著那朵紅花，笑得很燦爛，彷彿記憶開始，那朵花就是屬於她的。

我猛然睜開眼睛，坐起身子，看著滿屋的漆黑。心一驚，連滾帶爬地跌下床，把整個房間的電燈打開。我瞇著眼睛。夢中小玫的臉顯得特別刺眼。

縮在角落，我抱住自己，把頭枕在曲起的膝蓋上。無意識地看著空曠的房間。

西元開始，我將娶妳。

小男孩稚嫩的聲音，此時變得特別尖銳。血淋淋的畫面割破了那朵鮮花，血涓涓流下，掩蓋了小男孩的臉。我抱著頭，喉嚨發出嘎嘎的沙啞聲，卻叫不出任何聲音。無聲地叫著，我張著嘴，雙眼通紅，叫著。

淚開始毫無止盡地流下，熾燙地流過我的臉，無止盡地流著。

我痛苦地抱著頭，感覺自己正在痙攣。痛苦地睜大眼，喉嚨燃燒著。

西元開始，我將娶妳。

西元開始，我將娶妳。

西元開始，我將娶妳。

聲音，從四面八方傳過來，淹沒我。

我抱著頭，癱倒在地上，因爲哭泣，身體不停地抽搐，眼淚鼻涕流了一整地。

現在是幾點，我問著自己。

三點，四點？

君哥哥在做什麼？我流淚的時候，他在做什麼？

他和小玫是不是正赤裸裸地在床上享受他們的新婚？君哥哥的手曾經緊緊抓住我的

小手，現在呢，是不是正溫柔地撫過小玫的背？曾經輕輕抱著我，唱著路彎彎的雙唇，現在是不是灼熱地吻過小玫的全身？

我不想再想，腦中的畫面卻無法停止。

我閉上眼，睜開眼，都是他們纏綿的畫面。

不要，不要，不要！

猛然，我尖叫出聲，一股腦爬起，衝進了廁所。對著馬桶，我噁心地吐了起來。

一陣又一陣地反胃，卻嘔不出任何東西。

我拚命地吐，吐出了胃酸。

我張大著嘴，刺激著喉嚨，想要把自己的靈魂吐出來。

除了胃酸，我吐不出任何東西。

吐累了，我咳。咳完了，我繼續逼自己吐著。

終於，一陣苦酸從我體內直逼我的喉嚨。張口一吐，我把膽汁也給吐了出來。苦澀的味道在我嘴內充斥著。

看著馬桶裡頭綠黃的膽汁，我笑了，眼淚還是拚命地流著。

我笑了，笑自己，也笑世間。

西元開始，我將娶妳。

輕輕地，我再度掩面痛哭。

第一道陽光照了進來。

原來，人類是如此堅強的。

昨夜的痛苦，讓我以爲我會死掉，只是，除了頭痛、眼睛腫、喉嚨乾，我還是活著，呼吸著。

坐在浴室的角落，我茫然地看著那道從窗戶射進來的小小亮光。我伸手抓了抓那金黃色透明的陽光。一陣暖流在我手上，卻沒有抓住任何東西。手在空中茫然地揮舞著，眼角痛了起來，沒有眼淚。

一切就像這陽光一樣，我能感覺到它曾經存在過，卻怎麼也碰不著。

感覺著那溫柔的陽光，我靜靜地坐著。

不知道過了多久，亮光愈來愈大，整個浴室被陽光給吞沒。包括我在內。陽光充斥著浴室，也吞噬我的心。就如同那回憶一般，而就是在此時，我終於體會到了。

我，無法逃脫那如魔影般的回憶，不論我願不願意，它將日日夜夜跟隨我。

我睜開眼睛，搖搖倒倒地站了起來。

我走到書桌前面，揉了揉腫痛的眼睛，開始了一件平常我不會做的事情——讀書。

我喃喃地唱著路彎彎，每字每句，清晰地唱著。眼淚滴滴答答地掉落在課本上，暈開了古人的文字。

路彎彎，帶我到什麼地方……

快不快樂與悲不悲傷，我一天天將它收藏，

回不回頭，結果不都一樣。

我唱著，哭著，還是拚命地念書，因爲我知道，我必須離開同樂巷。

必須！

我，必須離開這同樂巷，離開有他，有她，或者有他們的同樂巷。

往台北的客運在高速公路上飛馳著。

這是一個很好的星期三，路上沒有太多車子，客運平穩地行駛著。

我把頭靠在車窗上，看著外面急速往後退的風景。

也許，人生就是這樣。曾經說過的，不一定會實現；不想要的，通常都會遇到。沒什麼大不了的，不過人生如此罷了。

那一天開始，我拚命讀書，把志願放在台北的大學。我必須離開南部，到一個沒有人認識我，沒有屬於我和他回憶的地方。

車子依然行駛著。

我並沒有告訴他。從那一天開始，我除了上課，足不出戶。以往，都是我打電話給他，他從不打電話來找我。這也正好，我不再聯絡他，他也無法聯絡我。他曾試著在我學校，或巷口等我，卻都被我巧妙地閃掉了。

後來，他不再找我。

透過小足，知道是因為他妻子不高興。

女人的直覺吧！也許小玫可以嗅出一點我和他的不同。

我不怪她，因為她是正確的。當初我就是太不小心了，才讓她踏進我和他的世界。

如今，她有權保護他們的世界。

我真的不怪她。

剛好，順了我想離開的心情。

從一月份開始到了大學聯考，這是我這輩子第一次這麼久沒有看到君。

當然，思念並沒有退去，每夜，我還是會夢見那血淋淋的紅花，和那句「西元開始，我將娶妳」。

片段張牙舞爪地想把我撕裂。如此熬著，我還是撐過來了。

放榜日，我果然考上了台北大學。

沒有多猶豫什麼，我上了北部，離開了，同樂巷。

「小姐，總站到了。」隔壁的旅客，好心地把我從回憶中搖起。

我低頭不著痕地抹掉眼淚，對她笑了一笑。

踏出了客運，頭頂的是台北的烈日。

很熱，卻沒有他的味道。

我呼了一口氣，照著住址，招了輛計程車，往學校的宿舍開去。

「要不要聽音樂？」司機和藹地笑著。

「喔，好啊。」我下意識地點頭。

司機笑了笑，伸手轉開了那台有點年紀的收音機。

沒多久，宿舍到了。司機看我一個小女生，好心地替我把行李搬下車，還直抬進了玄關。他拍拍我的頭，突然說：「我有個女兒，也像妳一樣，好好地跑去南部念書。唉，眞不知道現在的年輕人在想什麼。」

我看著司機蒼老的臉，腦中浮現父母不能理解的表情，眼眶一紅，訥訥地低下頭。

司機沒多說什麼，笑了笑，要我保重。

黃色的計程車噴出黑煙以後，消失在繁華的台北街頭。

那一夜，我在宿舍裡翻來覆去，睡不著。

一半是因爲陌生的環境，一半是隔壁床一直傳來的啜泣聲。

隔了好半晌，我的室友終於不好意思地停止嗚咽，問我：「小凡，吵到妳了嗎？」

我搖搖頭，「沒有。我剛好也睡不著。」

「小凡，我們聊聊天好嗎？」

「好啊。」我坐起身子，看著室友。

「小凡，我好想我青梅竹馬的朋友。我第一次離他這麼遠。」

「青梅竹馬啊？」

「對啊，小凡。我們從五歲就認識，一直在一起。我好捨不得他，我從來沒有離他這麼遠過。」說完，她又哭了出來。

我呆愣、安靜地聽著她說話。沒有理會心裡那一抽一扯的痛，只是麻木地安慰她。

「小凡，妳有青梅竹馬的朋友嗎？」哭了好一會，她又問。

「沒有。」我搖搖頭。

「嗚，那妳就無法了解我的感受了，眞的好痛苦。」室友幽幽地說著。

我隨便敷衍了幾句。直到半夜，她終於迷迷糊糊地睡著了。

我躺下，用棉被蓋住自己的頭。

就這樣吧，睡吧，一切，都過去了。

那夜，我依舊夢見那朵紅花和那個男孩。

他站在同樂巷尾，我站在同樂巷頭。

然後，我聽見我自己的聲音：「君哥哥，要幸福快樂唷。」

小男孩快樂地點點頭，把紅花交到一個不是我的女孩手上，然後兩人高興地手牽手消失在同樂巷底。

於是，我的紅花謝了。

同樂巷的標示牌退漆了。

小男孩和小女孩長大了，有了他們自己的路。

很多事情，都改變了。

改變了。

「君哥哥，我們會不會分開？」

「妳說呢？」

「不會，對不對？」

「當然不會。」

「君哥哥，打勾勾，說謊的是小狗。」

「好，打勾勾。」

「君哥哥，那車子好大喔。」

「那叫遊覽車，帶人去很遠的地方。」

「為什麼要去很遠的地方？」

「因為……有時候，有些人必須離開。」

「君哥哥，我聽不懂。」

「等妳長大了就懂了。」

「又是等我長大了！哼，討厭。」

作者介紹 About

洛心，超齡一點的美少女，似乎沒什麼優點，而唯一興趣與堅持，則是寫故事，著有《小雛菊》一書，與《夏飄雪》。

b 演奏一曲 希望的旋律

煦煦和風跳躍過窗台，

撩撥風鈴，也挑動我心弦，

唱出一段清麗動人的樂音，

今天，我想對你說：

我要你陪著我，走遍每一個有情歌的地方。

九十九個蝴蝶結

◎Putin

不是來得太快，就是來得太遲，美麗的錯誤往往最接近眞實。
儘管昏迷有時夢醒有時不堅持，人生最大的快樂也不過如是。
所謂天意就是這個意思。

王菲・美錯

邂逅發生在一個夏日午後。

那天他剛下公車，一如往常的，他低頭邊走邊踢著一塊剛剛在路邊找到的小石頭。足球隊的入社考試就快到了，他得把握機會，多練習控球能力。踢著踢著，石頭滾到一個墨綠色的東西上，他走近一看，發現那是個蝴蝶結。用墨綠色緞帶繫成的蝴蝶結。

大概是哪個女生不小心掉的吧？他往四周張望。前面幾步遠有個隔壁學校的女生，綁著個馬尾，會不會是她掉的？他撿起掉在地上的蝴蝶結，在她背後喊著：「喂！同學！這是不是妳的蝴蝶結？」

女孩停下腳步轉過頭，手往後腦勺一摸，然後快步朝他跑來。「對，這是我的。謝謝。」她一臉不好意思地從他手上接過那個蝴蝶結，然後轉身快步繼續往前走。

他看著女孩走遠，心還在狂跳個不停。剛剛那種感覺，大概就是所謂的一見鍾情吧？是的，那一定就是。剛剛那一瞬間他完全失去了思考、語言和行動的能力，他只能呆呆站在那兒，像停格似的，兩眼發直地望著她。

當他總算回過神來，女孩已經走得很遠了。他加緊腳步，想要跟上她。女孩在一棟公寓前停了下來，然後從其中一個信箱拿了報紙，接著拿出鑰匙開了門，消失在紅色的鐵門後面。

他趕緊上前確認剛剛那個信箱，七號四樓。她就住在這棟公寓的七號四樓。知道了她的地址，想再見到她就容易多了。

但他不想只是站在她家樓下等，那樣太老套了，他有個更棒的計畫，一個能讓她驚喜的計畫：他決定每天送她一個蝴蝶結，用不同繩子或緞帶繫成的蝴蝶結，然後到第一百天，他要親手交給她第一百個蝴蝶結，同時告訴她他的心意。

為了完成這個計畫，他用心收集各種不同的繩子、緞帶，有時用鞋帶，有時用曬衣繩，有時則是紙藤。他要做出一百個不同的蝴蝶結，用同樣真誠的心意一個接一個用心地做。每個做好的蝴蝶結都小心地用信封裝好，然後放學時偷偷投進她家信箱。

他猜想女孩應該會很高興收到這些蝴蝶結的，她一定很想知道這些神祕禮物究竟是誰送的。每個蝴蝶結代表著一天的思念，很快的，九十九天過去了，謎底就要揭曉。

第一百天，這天是星期天。他在她家樓下守著，但是等了一整天，她卻沒有出現。是因為她剛好不在家？或是剛好沒出門？接連幾天放學後，他都在她家樓下等著，可是第一百個蝴蝶結就是送不出去。女孩或許是搬家了，七號四樓的燈好幾晚沒亮過。

好幾次他都想按電鈴找她，但是他根本連她叫什麼名字也不知道。於是他們就這麼斷了線。半個月後他終於死心，把那個意義重大的第一百個蝴蝶結收進抽屜的最角落，不再去想那個女孩。

一晃眼，十年過去了。男孩已經大學畢業當完兵，也找到了一份好工作。然而當年那份缺憾並沒有隨時間的流逝而消失，他還是經常想起那個繫著蝴蝶結的女孩，雖然他一直告訴自己，都過了這麼久，女孩可能早就有了另一半，但他還是很想再見她一面，把第一百個蝴蝶結交給她。

某天他偶然打開電視，被一首歌深深吸引，那是王菲的「美錯」，歌詞裡描述的故事和他過去的故事並不相同，但感覺是相似的，都是有著小小缺憾的美麗回憶。

終究只能是回憶了吧！他邊聽邊這麼告訴自己，苦笑著。然而歌唱到最後，卻讓他打消了放棄的念頭。

「所謂天意就是這個意思。」這首歌的結尾，她這麼輕輕地唱著。

他像是大夢初醒一般下了決心，他決定相信天意。他認爲那段美麗的相遇是上天的安排，既然天意讓他們相遇，表示他們有緣，分離或許是上天給他們的考驗。

他決定試試看，試著再度拉起他們之間斷掉的線，他要找到她。

他不知道該怎麼找她才好，唯一想得到的方法是透過網路。於是他把自己的回憶寫成故事，在文章的最後寫道：「二〇〇四年九月十七日下午五點，我會在十年前妳家樓下等妳。如果妳看到這篇文章，請給我一個機會，讓我把第一百個蝴蝶結送給妳。」十年前的九月十七日是他們第一次邂逅的日子。

能做的已經全都做了，接著只剩耐心等待那一天的到來。

九月十七日，下午五點。他站在那個熟悉的紅色鐵門前，忐忑地等著她的出現。他等了一會兒，一個小男孩從對面的文具店跑出來，交給他一個袋子，說是有人要他轉交的。他驚訝地打開袋子，裡面全是蝴蝶結，他十年前做的蝴蝶結，另外還有一個信封。他趕緊拆開信，信裡寫著：

蝴蝶結先生，你好：

原諒我這麼稱呼你，因爲我不知道你的名字，只好這麼叫你。

幾天前別人轉寄給我你寫的文章，讀完我眞的嚇了一跳。雖然我一直保存著這些蝴蝶結，但看了你的文章我才知道，原來那些蝴蝶結原本就是要送給我的。

聽我這麼說你一定覺得莫名其妙，對不對？你一定不知道，你辛辛苦苦做的蝴蝶結全投錯了信箱，七號四樓住的是一個八十多歲的老奶奶，我只是幫忙她拿報紙而已。她一直以爲這些蝴蝶結是哪個愛慕她的老爺爺送的，我也這麼以爲。老奶奶的身體不好，但自從收到蝴蝶結以後，她每一天都過得很快樂，像個小女孩似的忙著打扮自己。

在我搬家前那個晚上，她在睡夢中過世了，走得很安詳。她的孩子整理遺物時把那些蝴蝶結送給我，我一直都好好收著，看到它們我就會想起那個老奶奶。這樣解釋應該夠清楚了吧？

現在既然知道這些蝴蝶結是送給我的，我決定把它們全還給你。這是給你的一點小小懲罰，誰叫你這麼迷糊！信封上有我的地址，這次可別再寄錯了。不來見你是因爲我想先嚐嚐九十九天的驚喜是什麼滋味，懂嗎？

P.S. 期待第一百天的特別企畫。

蝴蝶結小姐

那些放錯了信箱的蝴蝶結，繞了一圈之後終究還是到了她的手中。

他猜想，他和她腳上繫的紅線大概也牢牢打上了一個蝴蝶結，否則怎能在十年後，奇蹟似的再相遇？

所謂天意就是這個意思。所謂天意就是這個意思。

他輕輕哼起他們倆的主題曲，笑了。

About

作者介紹

Putin，熱愛星爺電影的單眼皮女生，現出沒於無名小站SD_putin板。

春花夢樹

◎Singingwind

那年八月，我剛渡海抵達這個小鎮。

前來接機的學長開車載著我和兩大箱行李四處亂繞，美其名爲認識新環境，實際上，我那還在時差當中的腦袋連東南西北都分不清楚，可是，既然前輩如此熱心，我也只能硬撐著垂垂欲墜的眼皮，努力應和著。

當車開過一個不起眼的轉角，學長忽然停下引擎，拿起鑰匙，邀我下去瞧瞧。

「學弟啊，這可是我們學校最著名的一個景點喔！」也是每年新生遊覽的必經行程嗎？我努力忍住呵欠，追隨學長的腳步，聽他繼續滔滔不絕：「所以我一定要在第一天告訴你這個傳說，免得你將來怪我。」

什麼什麼？景點和傳說？我中間聽漏了什麼嗎？我懵懵懂懂地舉步前行，哎，腳下踩著的草坪好軟好舒服，要是能給我一分鐘躺下來……

「小心！」學長及時拉住心不在焉的我。抬頭一看，眞險！前面可是一棵樹哪！看到學長眉眼間欲笑還休的壓抑模樣，我忍不住懊惱，我可不想以後見到台灣同學時都聽到，「啊，你就是那個第一天來美國就撞到一棵樹然後送醫急救的新生嗎」這樣的問題。

「還好還好……」我咕噥著。

「眞是還好，你差一點就撞歪了我們學校的愛情樹哩！」學長笑著接過我的話。

「愛情樹？」我打量著眼前這棵樹：不是太高，至少和滿街滿校動輒超過四、五層樓高的樹木比較起來，這棵樹瘦瘦小小的，只比一般人再高一些而已；翠翠綠綠的，但從我下飛機的那一刻，到處都是一片青青。它看起來，實在是一棵十分普通的樹。愛情樹？我在它旁邊繞了一圈，沒有「請勿攀折」的告示牌，也沒有繩子或者籬笆圍起來啊，這棵樹眞有這麼偉大？

「其實我也很懷疑啦，不過傳說就是這樣講的。」學長清清喉嚨。「據說，只要在春天，這棵樹開了滿樹花朵時，找一個月圓的晚上，和你心愛的人在這棵樹下牽起手環抱樹幹，你們兩個一起誠心許的願都會實現喔！」

「包括中樂透變成億萬富翁嗎？」我喃喃自語，但顯然被學長聽到了，因爲他的表情忽然變得很奇怪。我趕緊裝作非常有興趣的樣子，研究著這棵「愛情樹」。的確，這樹樹幹約莫可以讓兩人合抱，但因此發展出這種傳說，也未免太……

這裡眞的是全美排名前十，我寒窗苦讀努力奮鬥和眾多競爭者廝殺之後才好不容易申請進入的知名學府嗎？我搖了搖頭，眞是難以理解啊！

「學弟，你是來讀博士班的嗎？」離開愛情樹後，沉默了好長一段距離，學長才勉強找到另一個話題。

「對啊。」

「有女朋友嗎？」

「沒有。」

「這樣啊……」學長邊轉方向盤，邊沉吟。「我今年博三了。」我們繼續前進，街道旁樹影飛掠，我忽然想，很久以後的某一天，我也會邊開車邊雲淡風輕地對初來乍到的毛頭小子們一句帶過歲時流轉嗎？

「我女朋友在加州，今年也是新生。她本來不想出國，是我一直威脅利誘又哄又騙才把她拐出來的。」他忽然笑了，那神情映照在後視鏡裡，看來十分溫柔。「可能你覺得剛才我帶你去的地方很無聊吧。但是，我從聽到那個傳說的這三年中，總是一直想，當她來這裡找我的那一天，我一定要帶她去摸摸那棵樹，許一個願。不用太多，一個就夠了。」

汽車終於停在宿舍前，學長和我一起把沉重的行李搬進房間，然後擺了擺手。「你慢慢整理，我明天早上再來載你去採購生活用品。」學長走到門口，我正想開口道謝，他卻又若有所思地說：「也許你早就有心理準備，博士班沒有五、六年是念不完的，但是讓我這個老人告訴你，當你眞正面對的時候，你會發現，再多心理準備都沒有用。那時候你就會知道，爲什麼會有愛情樹這個傳說了。」

那究竟是爲什麼呢？我打開行李、清掃房間，將物品一一放到定位的同時，努力思索。

開學不久後，台灣同學會辦了一場新生盃壘球賽。

與其說是比賽，不如說是變相的聯誼，一群平時據案苦讀的文弱書生捲起袖口「撩下去」，在壘包上奔跑、在晚上八點依然燦亮的天空下流汗，眞是很特別的經驗。

終於分出勝負結束競爭時，竟然已是午夜。我一邊幫忙學長收拾善後，一邊欣賞寧靜月色，忽然，從我胃裡傳出陣陣怪響，在這四野寂靜的小城深夜，顯得格外清晰。我尷尬地摸著自己的肚子，身爲主辦人的學長則爽朗一笑。

「這裡可沒有士林夜市，我看，還是到我家去吃消夜吧！」

到了學長家，他招呼我隨意，便逕自下廚。

我左摸摸右看看，學長住的是一人的公寓房間，就等於台灣租屋術語中的「套房」，麻雀雖小，五臟俱全，客廳、廚房、餐廳、臥室、衛浴一樣不缺。客居他鄉的留學生，通常都沒什麼多餘的家具雜物，學長也不例外，除了四處亂堆的書之外，他的公寓裡倒是一派簡潔，連牆上都空白乾淨，只在書桌前貼了一大張年曆，一格一格畫出日期月分，但，也是一片空白。

只有一個格子裡寫了一些細細小小的字樣。我瞇起眼湊近看去。

親愛的生日。週年紀念。春暖花開。

這什麼啊？

正仔細研究中，外面傳來學長的聲音：「學弟，我煮好了，來吃吧！」

雖然是學長自己叫我把這當成自己家，但我還是有種窺人隱私的罪惡感，匆匆忙忙走到餐桌旁，桌上竟然是……清粥小菜?!

可不是，燙青菜、豆腐乳、幾碟小炒、熱騰騰的地瓜稀飯，擺了滿桌。

我揉揉雙眼，以為自己看到的只是幻象。

「沒什麼好招待的，」學長的聲音滿懷歉意，「我想，夜深了，吃點清淡的也好。學弟你就將就一下，陪陪老人家吧！」

「這叫作沒什麼好招待？學長，平常你都吃什麼山珍海味啊？」我簡直感動到要臨桌涕泣，腦中忽然浮現以前做實驗做到昏天暗地，不知今夕何夕時，最大的慰藉便是實驗室裡幾個學長學弟一起吆喝著到復興南路上吃清粥小菜，拉開一罐啤酒拉環便大吐苦水、意興湍飛的回憶，心中酸酸的，有一種不知道是什麼的感覺洶湧而來。這是所謂的鄉愁嗎？

「也沒什麼啦，隨便煮隨便吃罷了。」學長不好意思地說：「不過，大家都說我的鹹酥雞做得很道地。」

「鹹酥雞？」饞蟲開始在腸胃中作亂。「學長，你怎麼那麼『賢慧』啊？」我想到自家廚房中被我燒菜燒到焦黑的鍋子，暗自決定要拜學長為師，同時可以順便多來學長家偷吃。「以後學嫂一定很幸福！」

「喔，那個嘛，她很厲害的，我這點三腳貓的功夫她還不放在眼裡呢。」從地瓜稀飯冒出的騰騰白煙裡，我看見學長的表情，一提起他女朋友，他的臉色就變得有點愣，有點不自在，但，眉角眼梢都在笑著。我忍不住浮現那一整年空白的日曆裡，唯一寫上的幾個小字，忍不住隨著他笑了。

在這個荒涼寂寞的小鎮，在這個典型的男生房間裡，在這個寥落的世界上，應該還是有兩個人相愛的事實存在，即使和周遭的空白相較起來，那只是小小的、微不足道的幾行字，但它的力量卻大到足以動搖人心。也許以後的某一天，我也會遇到一個人，我愛她，她也愛我吧。

忽然，我對所謂的「愛情」，有了前所未有的信心。因爲，就在剛剛，就在那面牆上，我無意間，看到了幸福的長相。

在日復一日的上課、實驗，與生活中，冬天悄悄來臨。氣溫迭降，葉落草枯。一直沒下雪，但天空總是晦澀黯淡，鬱鬱陰陰，我忙著準備生死交關的資格考試，每天不是在實驗室，就是在圖書館，忙到昏天暗地時，窗外灰意濃重的氣色，往往讓我更覺憂鬱。去上課的時候，看到在溫暖課堂中嘻笑玩鬧的大學部學生，不禁又是羨慕，又是惆悵。

我也曾經有過那樣無憂無慮的求學生活哪！那時候，生活中最嚴重的事情是期中期末考，或是報告寫不出來，過了那特定幾天之後，一切又是海闊天空。但我早已不再是大學生了，我不再是被動地坐在講桌前抄著筆記的「學生」，現在我是研究生了，是拿著鋤頭往荒野裡走，自己開路自己探索，自己發現風景的，研究生。

在這樣的沉鬱當中，有一天，我忽然收到朋友遠從台灣寄來的包裹：五月天千呼萬喚始出來的專輯「時光機」！

拆開的那一瞬間，我忍不住感謝朋友，感謝中美兩地的郵差，甚至感謝起天來。這大概就是所謂他鄉遇故知的感動吧。我迫不及待地將剛拆封的專輯放進音響中，唱盤緩緩旋轉，第一首歌的前奏流洩出來，在太平洋彼端的一個小小房間中，彷彿重回演唱會現場的聲嘶力竭，彷彿倒帶往青澀莽撞的大一大二。那時候，我還只是個懵懂無知，卻滿懷理想衝勁的學生；那時候，他們還只是剛和唱片公司簽約，從地下轉入演藝圈的樂團。

如果某些特定的人、事、物曾和行進中的生命產生交會與關連，製造出共同的記憶，那麼，這些常常會成爲喜歡的線索，在無形中牽引著你，往特定的方向追尋。

大概是因爲這樣一路走來共同成長的記憶，這幾年來對流行音樂敏銳度不高的我卻可以一直默默支持同一個樂團，雖然常聽到人批評五月天如何如何，但是對我來說，那些都只存在於報章新聞當中，和我的生活只有幾分幾秒的交集，眞正陪伴著我的，還是那些歌曲，一首又一首，一遍又一遍。

其中，我特別喜歡五月天的幾首關於生活、未來，與夢想的歌曲，像是「生活」、「憨人」、「永遠的永遠」，以及「生命有一種絕對」等。這些歌的歌詞聽起來是那麼親切貼近，比起其他爲數眾多的「情歌」更得我的歡心。我一直不懂，爲什麼流行歌中有百分之九十九以上的比例，是各式各樣你愛我我愛你、你愛我我不愛你，或者我愛你你不愛我的情歌？愛情嘛，還不就是那樣，愛上了就是愛上了，不愛了就是不愛了，怎麼可以發展出這麼龐大蕪雜的形容體系？

不過，五月天對我來說，畢竟是有些不同。是以，即使他們的第二張專輯很符合市場潮流地取名爲「愛情萬歲」，即使他們還是有許多首情歌，聽起來，還是那麼動人好聽，只是我常常邊看歌詞邊暗自竊笑，這些顛三倒四的情況，真的會發生在現實生活中嗎？

譬如「時光機」專輯中的那首「我們」，從頭到尾都是一個失戀的人在自言自語，我完全不能理解，談戀愛不是一件很愉快很幸福的事嗎？就像學長與學嫂，即使分別在美國大陸的兩端，我這個局外人都能透過年曆上的短短幾字感受到那滲骨入髓的甜蜜。那麼，如果有一天，當這段感情只會爲兩個人造成痛苦與無奈，分手應該是值得慶幸的啊，又有什麼好無奈好傷害的呢？

我們曾經那麼精彩，我們曾經那麼期待……

我們最後這麼遺憾，我們最後這麼無關……

第一次，激動的阿信的歌聲，出現了讓我無法理解的空白之處。

考完資格考的那天下午，我走出系館，腦中還迴蕩著方才口試時的解釋、辯論、說服與被說服。在那個小房間裡，我試圖將我發現的新天地描述給老師們聽，當然會有意見、質疑，以及爭執，但是到了最後，我終於得到認可。

口試結束時，我的指導教授恢復平日談笑風生的模樣，向我道賀。

「你知道『博士候選人』這個頭銜的意義是什麼嗎？」銀鬚銀髮的老教授眨眨眼，話中帶著一抹淘氣。

「代表……我的助教薪水會增加？」

「非也非也。」老先生雙手亂搖。「這代表你不再有指導老師了。」

什麼？這眞是非同小可，沒有指導老師的話，我的薪水、我的實驗、我的博士學位……這這這，要怎麼繼續下去啊？

能將我嚇到魂飛魄散，老師顯然很得意。「從此以後，這世界上只有你對你的論文題目最了解，連身爲指導老師的我，就算能在某些方面指導你，但在你選擇的領域裡，卻再也幫不上什麼忙了。」他慈祥地笑笑。「這一路之後的風景，都要靠你來告訴我們了。」

我鬆了一口氣，心中覺得暖暖的。

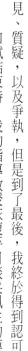

走在漸漸熟悉的街道上，許多思緒在心中翻騰上下，有一種既開心又寂寞的感覺：開心，因爲多年來努力的結果終於成就了夢想；寂寞，因爲這樣的快樂竟然無法找到一個人分享。

老師說的對，從今而後，不管我在自己選擇的路上行走得多麼眉飛色舞，身旁也沒有一個眞正了解，或者想要了解的人，來與我同行了。除非，我想到學長和他的女朋友，除非我遇上一個人，即使她對我做的事情一點也不懂，但因爲那是我非常在乎、非常努力在研究的課題，她因此願意傾聽，願意和我分享。除非我遇上這麼一個人，不然，在取得博士學位的路上，我只能這麼孑然一身地繼續走下去。

原來，這就是件侶的意思啊！原來，這就是愛情樹傳說的源頭嗎？

轉個彎，我看見那棵矗立在寒冬涼意中的不起眼小樹，自從那回差點撞倒它之後，這還是我第一次正眼仔細打量它，雖然我每天都會經過這個角落。它的葉子掉光了，光禿禿的，顯得更不起眼了。我忍不住伸手摸了摸粗糙的樹幹，微笑。彷彿有道溫暖的流從指尖傳過。

不知道，一個人可不可以許願？

臉頰上涼涼的，我抬頭一看。

下雪了。

才剛回到家，電話便催命也似的響。

我接起來，線路那一端傳來學長虛弱又飽含歉意的聲音：「喂，學弟嗎？不好意思，我想麻煩你一件事情，你知道某某醫院嗎？我被車撞了，現在在醫院裡……」

我匆匆趕到，學長躺在病床上，臉色蒼白，左腿打了石膏，看起來怵目驚心。

「怎麼了？發生什麼事？」

「沒什麼，我過馬路的時候被車撞了，你也知道，雪要下不下的，可能路面有點滑，那人剎車不及。」學長輕描淡寫，一句帶過。「我沒事，不過骨頭斷了，這下子免不了要行動不便好幾個月。」他從口袋裡掏出一串鑰匙。「醫生說我再觀察個幾天就能出院，學弟啊，能不能麻煩你到我家，幫我打點一下換洗衣物？這是我家鑰匙，你還記得我家在哪吧？」

♫

學長出院後，我和幾位台灣同學組成「探病團」，排班到學長家裡關心他的傷勢。左腿上打了厚重石膏的學長暫時得靠枴杖才能勉強行走，無法久站的他，心不甘情不願地放棄做菜的樂趣，只好改成動口指點我步驟與程序。在名師監督下，我燒菜的手藝突飛猛進，更是樂得天天往學長家跑。美其名為照顧學長，暗地裡偷偷「剽竊」他的廚技。

「學長，放完洋蔥之後要做什麼？」抽油煙機轟隆作響，炒菜鍋裡劈哩啪啦，我扯著喉嚨問。

「翻一翻炒一炒。」學長搬張椅子，坐在廚房門口，看著我一個口令一個動作。

等到鍋裡洋蔥呈現微微透明，我又開口：「學長，然後呢？」

「……你寒假要回家嗎？」

「什麼？」我轉頭看他，發現學長兩眼無神，呆呆瞪著我。我將抽油煙機關掉，想聽清楚學長在說什麼。

「把肉絲放進去一起炒。」或許因爲突如其來的安靜，學長這才回過神。

「我應該會回去一趟吧。」我邊翻弄鍋裡菜餚，邊回答學長的問題。

「她說她寒假要回台灣。」學長低低說著，彷彿自言自語，但我聽得很清楚。她，是指學嫂吧。

「那學長……」本來想問學長的打算，話剛出口，我看到坐在椅上寸步難行的學長，硬生生地將問句呑回肚裡。

「我哪兒也不能去吧。」學長低頭看腿上的石膏，聲音裡有濃濃的自嘲。「你很想家嗎？」

「當然想啊！」尤其想那島上滿街滿市的美食！我話還沒說完，又聽到學長的聲音。

「一定很想吧，可是……」他輕聲喟嘆，學長和學嫂，發生什麼事了嗎？

我將黑胡椒肉絲盛入盤子端上餐桌，這才開口將學長召回現實。

晚餐桌上很靜，只有筷子輕輕碰撞杯盤的聲音，我幾次想開口，又忍住。

「她說她要回台灣。」終於，學長自己說：「本來說好寒假她要來我這裡。」

「她知道你受傷了嗎？」

「她知道。」學長苦笑。「這才讓我難過啊。」

學長巴巴地盼著女朋友，一定早就期待著寒假，現在他意外受傷，一定更希望女朋友能在身旁。我不禁皺眉，這道理連我都懂，難道她不知道嗎？

「這樣也好，省得她難得來一趟，卻都在照顧我。」學長恢復平靜。「我也知道她很想家，她本來就不想出國，是被我軟硬兼施地硬叫出來，也難怪她一直想回台灣了。」

「出國深造，沒有什麼不好啊。」

「不是每個人都樂意離鄉背井的。」學長把玩著筷子，若有所思。「我先前也一直覺得，她能出國念書的話，不但對她有很大幫助，而且兩個人的距離也近一些，眞是一舉兩得。等到她眞的和我在同一個國家了，我卻發現，其實我們的距離不但沒有更近，或許還愈來愈遠。」

我想不出話來安慰學長，好一會兒，才勉強說：「學長，等你腳好了，春天也到了吧？你不是一直很希望帶學嫂去看開花的愛情樹？她若是冬天來，就看不到了。」

「對對對，我還是叫她春天再來吧。」學長的心情似乎好一點了，開始有開玩笑的興致。「她冬天來的話，看到這小鎮荒涼成這樣，以後一定再也不肯來了。」他朗聲而笑，一掃方才沉鬱。我卻隱約不安起來，畢竟，在飛雪連天的冬季裡描摹春暖花開，是我貧乏的想像力無法做到的。

我望向窗外那一片茫茫白皚，春天，似乎要永恆那麼久以後才會來。

春天畢竟還是來了。

三月底，氣溫開始慢慢回升，雪也少了。在一場雨雪交雜的泥濘之後，一夜之間，草綠了，野花開了，新芽喧喧鬧鬧地從枝頭萌發出來，連一逕灰淡的天空，也溫煦地水藍起來。居住在四季分明地區的好處之一，便是期待不同季節的景色，經歷過秋葉冬雪，我總算深深體會到這點。

即使是這樣，在我見到愛情樹的巨大轉變時，我仍忍不住萬分驚嘆。

照例在我回家途中，我心不在焉地匆匆走在人行道上，轉過一個彎，眼前倏然被一片煙霧般的粉紅霞光籠罩。

我定睛一看，忍不住失笑，哪裡是什麼晚霞？只不過是一棵開花的樹。

簡直像醜小鴨變天鵝似的神奇，原本光禿醜陋的愛情樹忽然搖身一變，拳頭大小的粉紅花朵挨挨蹭蹭擠滿樹梢，樹冠如傘，撐起一片浪漫綺麗。我不知不覺走近樹旁，左看又看。

眞美！

一股淡香若有似無地飄盪在空氣中，也眞難怪會有愛情樹的傳說，美麗的春夜裡，本來就該和情人在美麗的花樹下攜手度過。我讚嘆不已，欣賞半晌，才依依不捨地掉頭往家的方向走去。黃昏將我的影子拉得好長好長，在空盪的人行道上，我踩著自己的陰暗，四周靜寂，只有我的球鞋製造出的規律腳步聲。

在暗得愈來愈晚的天色裡，在滿天錦紫緋紅的晚霞中，我彷佛看到學長笑著，和他一直念茲在茲的心愛女子，手牽手環抱著那棵開花的樹，也環抱著彼此的畫面。

第一次，感覺到，我眞的離家很遠很遠。

但那時候我沒想到，學長會有比我更深刻的感觸。

春假開始第一天，我到大賣場去採買食物，卻遇到學長，他正在排放滿白酒紅酒的貨架間徘徊，看見我，他將手揮了揮，作勢要我過去。

「你看，哪種酒比較好？」學長瞇著眼睛仔細讀著酒瓶上的標籤，專心研究著。

「學長，我對酒沒什麼研究耶。」我老實回答。

「我分手了。」學長頭也不抬，繼續看著眼前的成排酒瓶。

我嚇了一跳，一時間反應不過來。

學長自顧自地伸手取了一瓶紅酒，說：「學弟，你應該是坐公車來的吧？等下買完一起走吧！我載你回去。」

我只有點點頭，腦中一片昏亂。

學長看起來一切如常，倒是我，一直努力想找話題，卻不知道該說些什麼。沉默在兩人之間擴散，一股不尋常的怪異籠罩著我們。直到我打開前座車門，坐上駕駛座旁的位置，忽然想到，這個位子本來應該是學長的女朋友，喔不，現在應該是「前」女友坐的，學長不是一直計畫著她春假來找他時，要帶她到哪裡哪裡去玩嗎？怎麼會有這麼劇烈的轉變呢？

我心不在焉地看著車窗外飛逝的景致：天色澄藍、沿街青翠、一樹一樹的花開得鬧烘烘地，空氣中飄著淡淡香氣，在這個午后，世界看起來十分單純美好。

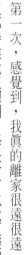

車上的收音機播放著音樂，一首又一首。只是忽然，我發現，從頭到尾，其實都是同一首。

我忍不住問：「學長，你這片只有燒這ˋ首歌嗎？我那裡有專輯，要不要我借你聽？」那是五月天的「我們」，那首我一直不能理解的，關於失戀與痛苦的歌。

學長搖搖頭，卻問我：「學弟，你有空嗎？陪我去一個地方。」

我猜得到學長要去的地方，我很想勸他別去吧，別再想了吧，如果一切已經不能挽回了。但是，我只能點點頭，靜靜地，看著學長將車停在街角。

正對著，花開粲然的，愛情樹。

在一片沉默之中，只有那首歌繼續不斷不斷地唱，很大聲很大聲地唱。

我們曾經那麼精彩、我們曾經那麼期待……

「我這幾天一直在想，她就是那棵樹，而我，則是春天才開的花朵。」學長說的話幾乎被音樂聲淹沒，我必須很仔細注意才聽得清。但我什麼也沒說，只是繼續靜靜地聽著歌聲，聽著學長彷彿自言自語的口白。

「沒有我的話，她還是能安然無恙地生活下去，就像這棵樹，不管有沒有開花，它總是自己活得好好的。但是樹上的花就不同了，春天的時候，儘管人人都讚嘆著花朵的燦爛美好，可等到花謝了，離開了樹，還會有誰去注意花呢？」

我們最後這麼遺憾、我們最後這麼無關……

「我曾經以爲，因爲兩個人相愛，所以我們更要爲對方努力，更要爲對方活得精彩，但我從來沒想過，一旦這世上沒人能夠分享你的成就，那些燦爛也不過是春天的花，即使開得再美，也沒有人多看一眼。」

「可是學長，當花謝了，掉在地上，樹枝上也是會有傷痕的，花留下來的傷痕。」

「但傷痕會淡去，隔年又有新的花開。謝過的花注定只能在夢中，才能和樹重聚。」

我搜索枯腸，用力地想找一些話反駁。雖然學長一直是輕描淡寫的口氣，但講出來的話都好消極。這眞的是之前那個生活得樂觀認眞、積極用力的學長嗎？

我還想多說什麼，學長卻將音響的聲量轉大。最後，我們兩個都沒有再說一句話。只有那首歌不停不停地嘶吼著。時時刻刻嘲笑著我。

日復一日、年復一年，花開、花謝。

後來每次春天來的時候，每年我看見愛情樹盛開到極美極輝煌的花景，雖然還是會忍不住停下來欣賞，但再也不曾像第一次見到的那年春天，失聲讚嘆著。

因爲我很難不去想，那些掉落一地的殘花；因爲我很難忘記，曾經有一個戀愛中的人，他是多麼多麼期待著，要和他的情人分享他心目中最美的春天。

我站在滿樹霞紅之下，想著已經畢業的學長，想著那天，我和他在這開花的樹下，有一首歌一直不停不停地唱。關於愛情，關於甜蜜，關於分離，關於傷心，關於無關。曾經，這些我都不懂，只能在身旁已經或正在經歷的朋友身上嗅聞出些許線索。但現在我知道，不管愛得多深，不管傷得多重，有些事情，即使懂了，也還是不能阻止自己一而再、再而三地犯錯。

因爲在電光火石互相交會的刹那，你第一次發現，人生中竟然有這麼美麗的風景，值得一次又一次的冒險與嘗試，值得一次又一次的心碎與傷懷，只要你最後能挽住一個人，陪你走過冬夏春秋，年復一年，一起期待樹的花朵。

那些情歌，都是在歌頌這些過程、這些輪迴的，現在我終於懂了。

忽然一陣風起，有幾朵落英飄飄然在空中盤旋繾綣了一會兒，最後還是終於掉在地上。我揀起腳邊的花朵，耳邊，有人笑著問我：「你在想什麼？」

「我在想，即使離開樹的花夢到了樹，那一定也是它們曾經共同編織過的美夢吧。」

她笑了，容顏燦爛如陽春三月的風景。我牽起她的手，將她攬得更近一些，開始訴說：「我們學校有一個傳說喔……」

在春天，花開滿樹的時候。

About

作者介紹

Singingwind，如果你喜歡唱歌風說的故事，請到濯夢文學館掬一捧在殘稿上思索的星光。telnet：//wretch.twbbs.org，SD_singwind。

樓下那個女孩

◎Yuniko

「嗶咿嗶，咿咿嗶咿，嗶嗶咿嗶嗶——」

一陣難聽的笛聲從我家樓下傳了上來，從窗口竄進我的房間，讓正在努力背國文課文的我幾近抓狂。

我壓抑著情緒爆發的火山口，感受胸口沸騰滾燙的怒氣，繼續看著課本上的文字，口中唸唸有詞，看能不能把課文「唸」進我的腦袋裡。

「僞臨朝『嗶咿』武氏者『咿』，性非和順『嗶咿咿』，地實寒『嗶咿——』微。昔充『咿，嗶嗶嗶』太宗下『嗶咿嗶嗶——』陳，曾以『嗶』更衣『嗶咿咿』入侍。洎乎『咿嗶——』晚節……」

「嗶咿嗶，咿咿嗶咿，嗶嗶咿嗶嗶——」

夠了！眞是夠了！吹得像首歌也就算了！這樣五音不全像是殺雞的笛聲也敢吹這麼大聲！而且還一直重覆循環，似乎沒有要停下來休息的跡象。

我用雙手摀住耳朵，兩隻眼睛惡狠狠地盯著課本繼續唸，滿腔的怒火讓我懷疑是不是我再多瞪兩眼，課本就會突然被我的視線瞬間燒成一團灰燼。

「咿嗶嗶咿咿——」

我「碰」的一聲，用雙手重重地拍了書桌桌面站起來，氣沖沖地走到窗邊，用我那積壓許久的不滿，用力地對樓下那扇窗吼叫著。

「李．詩．羽！妳夠了沒?!吹得這麼難聽也敢吹這麼大聲？妳不難爲情我都還替妳怕丟了妳爸媽的臉！別吹了好不好？妳要是再吹下去……」

我剛把名字喊完笛聲就停了，剛剛那一長串巴拉巴拉的都還沒唸完，我的怒罵聲就被樓下開窗的聲音給打斷了。

「我要是再吹下去又怎樣？」一個女孩的頭探出窗外，冷冷地向上看著我。

「我……我在背書耶！明天我要考國文默寫，妳一直吹那吵死人的笛聲是要我怎麼背書？」

「喔？考國文了不起喔？我明天也要考直笛呀！你能背書我就不能背譜喔？還是說你的考試比我的重要？」她一邊揮舞她右手的直笛，一邊不甘示弱地罵了回來。

依她的個性來看，我還眞怕她等下罵著罵著就把手上的直笛往我臉上扔。

「我背國文不會吵到鄰居呀，妳吹那什麼五音不全的爛歌，吵死人了，妳都不怕鄰居抗議喔？」

「就是不會才要練習呀！而且我都吹這麼久了，你是哪隻眼睛看到鄰居出來抗議？」

「我……我……我就是妳鄰居呀！我現在不就在抗議？」

「講話還結巴，要抗議的話等黃媽媽來抗議再說吧，你的抗議無效！」

哇咧！好，要我媽抗議才有效是吧？我轉身往門邊走，準備找我媽來跟她理論。

現在是晚上六點，我媽正在廚房裡忙進忙出地準備晚餐，我氣沖沖地走進廚房，想跟我媽抱怨樓下那個番婆的事。

「媽，我跟妳說……」

我都還沒開始抱怨，我家的門鈴就響了。

「小宇，先去開個門，看是誰來了。」我媽邊炒菜邊說。

「喔……」聽到這，我只好悶悶地去開門。我已經大概知道是誰來了。

一開門，果然是樓下那個剛剛還在大吹直笛的番婆。

她看到我就像看到空氣一樣，連招呼都不打地直接進了門，直直往廚房衝去。

「黃媽媽晚安呀。」

她用甜甜的笑容跟我媽打招呼，我在後頭看到時都快吐了，怎麼她臉上的表情跟剛剛在窗邊張牙舞爪的樣子差這麼多。

「詩羽啊，妳吃飯沒？」我媽也高興地跟她寒暄。

「還沒。」

「那先別回去，留下來吃飯吧。」

「好啊，謝謝黃媽媽。」她跟我媽閒聊完後，轉身對我扮了個鬼臉。

哇咧！老虎不發威，妳還把我當病貓！

「媽，我跟妳說，詩羽她……」

「有什麼事等一下再說，你沒看我在炒菜嗎？」

「喔……」

我被我媽趕到了客廳，就看到那個害我念不下書的罪魁禍首正高高興興地坐在我家沙發上看卡通。

我正想走過去繼續跟她吵時，她一看到我走過來又馬上起身往廚房衝。

「黃媽媽，我幫妳把菜端到飯桌去。」

「好啊，還是女孩子貼心，哪像我們家那兩個笨兒子啊……」

我就知道，她跑去跟我媽獻殷勤，然後我媽就會開始數落我跟我哥，最後會開始感嘆為什麼生出來的都是兒子，她有多想要一個女兒之類的。這種類似的對話我從小聽到大，耳朵都快長繭了。

雖然現在已經沒有吵死人的笛聲，但我也沒心情背書了，索性待在客廳看電視。

過了不久，我爸也下班回來了，雖然他一進門先看到的是我，但在看到詩羽後便理也不理我，直接就往飯廳走，跟詩羽聊了起來，我心裡眞是不平衡到極點。

吃飯時也是一樣，四個人坐在飯桌上（我哥到外地念書去了），他們三個人高高興興地聊天，就只有我悶悶地在一旁拚命扒飯。

「對了，詩羽在學校的功課應該比我們小宇好多了吧？」我媽笑咪咪地問著詩羽，讓我的筷子瞬間停了下來。

「才沒有呢，像我對音樂就很頭痛。」

「是呀是呀，吹起直笛就像在殺雞。」逮著機會，我趁機嘲笑詩羽。

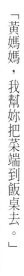

她也停下了筷子，用帶有殺氣的眼神瞪了我一眼。我很得意地對她笑了笑，不過那笑容沒有維持太久。

「這樣啊，我們小宇音樂還不錯，直笛吹起來也算可以，不如……」我爸試著打圓場，但感覺卻像是在陷害我，「不如就讓小宇教妳吧，等下吃飽回家把笛子拿來，在我們家練吧，不會的地方可以問小宇。」

我爸講完，我差點把剛扒進嘴裡的那口飯給噴出來。

「我才不要！」我向我爸抗議著。

「小宇，男孩子怎麼可以這麼沒風度，教詩羽吹吹笛子又不會怎麼樣。」我媽說完，還挾了些菜到詩羽碗裡。

我無言以對，因爲我知道不管說什麼，倒楣的一定還是我，只好繼續默默地扒飯。

就這樣，吃飽飯後的半小時，某人正得意地拿著她的直笛嗶嗶咿咿地在我房裡亂吹一通。

「妳眞的是在練習嗎？我怎麼覺得妳是在亂吹？」

「你眞的有要教我嗎？我怎麼覺得你是在發呆？」

「……妳是來找碴的喔？」我相當不滿。

「黃媽媽都說要你教我了，我學會後自然會回去。」她揮揮手中的直笛，像是在對我示威。

「我就不教，妳能拿我怎樣？」我雙手在胸前交叉，看著坐在我床上的她。

「我就知道，年紀輕的男生就是這麼沒風度。」

「年紀輕？妳又知道年紀大的男人會有風度到哪去了！」

我非常地不以爲然，畢竟我也大了她三歲，才不信她能接觸到比我大到哪去的人。

「當然知道，我男朋友就大你好幾歲，他比你體貼多了！」

男朋友?!

「妳剛剛說什麼?」

「我說,我.男.朋.友.比.你.體.貼.多.了!」她一個字一個字地唸給我聽,「體貼」那兩個字更是加重了語氣。

不過我在意的並不是誰比我體貼,而是……她已經有男朋友了?

「妳幾時交男朋友的?」

「不關你的事吧。」她把笛子丟在我床上,看來是不指望我教她了。

「妳不是才國二?」我都比她大三歲了,那比我大的男生,不就差她很多歲?

「有人規定國二不能談戀愛嗎?」她鼓起了腮幫子,這是她從小到大不服氣時習慣露出的表情。

「是沒有。」我稍微深呼吸了一下,「但是,妳這樣子還會有人要嗎?」

她那鼓鼓的腮幫子不見了,取而代之的是飛過來的笛子,而且不偏不倚地打中了我的臉!

「啊!李詩羽!妳……」

好痛!痛死了!我摀著臉正想罵她時,她卻對我扮了個鬼臉,然後撿起直笛,飛快地逃離了我的房間。

還來不及叫她站住,就聽到她向我爸媽說拜拜,接著就是我家大門關上的聲音。

我忍著痛,站起來走到鏡子前照了照……夭壽!一條明顯且醜陋的紅腫痕跡就斜掛在我臉上！難怪我就覺得怎麼會痛成這樣，好像腦漿都差點被她一棒給打了出來，眞是最毒婦人心，她就不會下手輕一點嗎？

我打開窗，往樓下喊著：「李詩羽！妳最好就別被我遇到，妳完蛋了妳！」

這次她沒探出頭來回嘴，反倒是那五音不全的難聽笛聲馬上從她的窗口傳出來。

這一次，不論我罵得再凶再難聽，或是後來放軟心腸跟她說我不生氣、不跟她計較了，她都沒有反應，只有那難聽的笛聲一直斷斷續續地吹到晚上十點。

笛聲停了，過不久我再將頭探出窗外時，她房間的燈也已經熄了。

我去洗了澡，然後打開床頭的收音機，也不管頭髮還是濕的，就關了燈往床上躺，在黑漆漆的房間裡，只有窗外路燈的光微微照進我房間，室內只有收音機傳出的微弱歌聲及 DJ 低沉富磁性的聲音。

在睡覺時開著收音機是我的習慣，我總是在睡前躺著聽歌、想事情，一直到自己不知不覺睡著爲止。

「接下來，是來自於XX市的XXX點給他女朋友〇〇〇的一首歌，XXX的來信中提到：很感謝〇〇〇陪著我一路走來，雖然現在與妳分隔兩地，但對妳的愛永遠不變。那麼，現在我們就來聽XXX點播的這首……」

收音機裡傳來我所熟悉的 DJ 的聲音，還有這種某某人點給誰的歌。開放點歌的節目，五花八門的各式情歌總是在夜晚時分在我房裡迴蕩著。

不過我聽歸聽，卻從來沒寫信或是打電話去點過歌，一方面是電話難打寫信麻煩，另一方面則是沒有對象會讓我想點歌給他聽的。

躺在床上，百感交集，她竟然交男朋友了？什麼時候交的？我怎麼會不知道？

翻了個身，面對著牆壁，我睡不著，反而想起了小時候的點點滴滴……

「小宇看唷，這是妹妹，笑一個。」

我媽坐在附近公園的椅子上，旁邊坐著詩羽的媽媽，我媽邊逗著詩羽，邊要我看看這住在我家樓下的鄰居小妹妹。

這是我四歲時第一次見到詩羽，才一歲出頭的詩羽，正瞪大眼睛看著陌生的我，我也瞪大了眼睛看著被抱著的她。

「你們家弟弟也叫小宇啊？」

「是啊，他叫正宇，正義的正，宇宙的宇。」

「眞的啊，我們家妹妹也叫小羽呢，詩人的詩，羽毛的羽。」

我沒怎麼注意聽我媽跟詩羽的媽媽在聊些什麼，我只是好奇且專心地盯著眼前那雙又大又亮的黑眼珠。看著看著，詩羽高興地手舞足蹈起來，還笑出聲音。我媽看了也高興地笑了。

「妹妹笑起來好可愛喔，長大一定跟媽媽一樣漂亮。」

我媽才說完，我就再也笑不出來了，因為處於興奮狀態中的詩羽，就這麼一掌往我臉上打了過來，手指頭還抓到我的眼睛，痛得我當場大哭了起來！

我想，我跟這隻母老虎的戰爭，就是從初次見面的那一刻開始的吧！

從此之後，便是打打鬧鬧的童年時光，只要我跟詩羽湊在一起，不是吵架就是打架，而且每次掛彩的一定是我！

我媽生了兩個兒子，一直想有個女兒，但是我爸不想生了，覺得兩個孩子恰恰好。詩羽的出現，彌補了這個缺憾。

我媽知道詩羽的爸媽不常在家後，便常叫她到我們家吃飯之類的，對她疼愛得不得了。而只要我跟詩羽同時出現，吃虧的一定是我！

打架？爸媽說男生不能打女生，所以本來是詩羽先動手，結果我打回去的後果是，回家不准看電視還外加被我爸罵一頓。

搶玩具？爸媽說詩羽年紀比較小，做哥哥的要讓妹妹，所以我的玩具就得無條件地讓她玩，甚至被解體了，我也不能有半點怨言（但怎麼我跟我哥搶玩具時是兩個人一起被修理）。

有好吃的好玩的，只要詩羽在場，我們兩兄弟就只有吃鱉的份。

我哥是還好，因爲他大我四歲，也就是大詩羽七歲，所以當我跟詩羽鬧得天翻地覆時，他的年紀已經大到不會跟詩羽計較了。

所以對我而言，詩羽是惡魔！是禍害！是能奪走我一切幸福及快樂的罪魁禍首！

但是我爸媽灌輸給我的觀念，就是男生要保護女生，哥哥要讓妹妹之類的，到最後我發現自己一直站在一個矛盾的十字路口上，那種感覺就像自己是 RPG 遊戲裡的勇者，但拔劍戰鬥的目的卻是要保護惡龍。

到現在，我高二她國二，足足十二年的黑暗時代，勇者還是殺不了惡龍，而且惡龍還有愈來愈囂張的傾向。

不過我怎麼也想不透，除了那對水汪汪烏溜溜的大眼睛外，嚴格說起來，詩羽的長相平凡得可以，是哪個不長眼的冒失鬼不要命地敢主動衝進惡龍的嘴裡？

我必須保護那個無辜的笨蛋，絕不能讓他成爲惡龍淫威下的犧牲品！

對，我是勇者，一個守在惡龍身邊避免犧牲者增加的勇者！

♪

從那天晚上之後，我就相當注意住家附近出現的可疑「老男人」，舉凡每天會經過我家門前的，住在隔壁巷子的大學生，還有我家對面的年輕上班族，甚至是附近麵包店還沒結婚的老闆等，都是我注意的對象。

這種緊繃的狀態持續了好幾天，但我感覺詩羽跟平常並沒有什麼不同，正當我認爲詩羽是在唬我而想放棄時，我卻在我家客廳桌上發現了一封信。

優美的筆跡、漂亮的信封、沒看過的住址，還有……一個寫著「逸帆」的署名！

逸帆？從名字看起來像是個男的，而且寄信的地址我從沒看過，這封信也不像是一般的廣告信，還特地用掛號寄來，看來並不是單純的信件。

「媽，詩羽的信怎麼會在我們家？」我把書包丟在沙發上，連制服都還沒換，就直接拿著信跑到廚房問我媽。

「啊，對喔，我都忘了，這是掛號信，因爲詩羽他們家沒人，我就先代收了。你有空的話就幫我拿下去給詩羽吧。」我媽說完又轉過頭去洗菜。

「喔……」我不太甘願地應了一聲。

「小宇啊，等下順便叫詩羽上來吃晚餐。」我媽頭也不回地對我說。

要是平常，我一定不會親自下樓，而是從我房間的窗戶往下喊，叫她自己上來拿信。不過爲了順便套她的話，我還是乖乖聽我媽的話，把信拿下去。

按了按詩羽家的門鈴，一陣鳥叫聲從門後傳來。這種門鈴眞的很難聽，聲音又不像鳥叫，眞搞不清楚爲什麼那麼多人家裡都喜歡裝這個？

聲音完全消失的幾秒後，詩羽開了門，她的制服也還沒換下來，看來也才剛到家。

「你怎麼會下來？」她用不解的眼神看著我。

「被我媽逼的，哪，妳的信。」我亮了亮手中的信封。

詩羽那一瞬間的表情眞的讓我全身起雞皮疙瘩，不同於剛剛開門看到我時的晚娘面孔，現在她臉上盡是興奮燦爛的笑容，而且還以最快的速度把信從我手中搶走，像是拿到什麼寶貝似的。

這表情看在我眼裡，不知道爲什麼，我覺得很不爽，所以我冷冷地對她說：「我媽叫妳晚上到我家吃飯。」說完後我就直接上樓了。

接下來跟平常沒有什麼不同，詩羽還是一樣到我家吃飯，還是跟我爸媽聊天，還是跟我鬥嘴。

又過了幾天，日子真是平靜得可以，我也沒那麼笨地繼續懷疑我家附近的各個老男人，既然發現那個笨蛋來自遠方，那再怎麼注意我家附近也沒用。

這天晚上我洗好澡躺在床上，照慣例開了收音機，同樣的時間、同樣的DJ、同樣的節目，今晚又是一堆某人點給誰誰誰的歌。

「好的，接下來所播的歌是ＸＸ要點給詩羽的……」

DJ低沉且富有磁性的嗓音唸出我熟悉的兩個字時，我猛然從床上坐了起來。

等等……詩羽？是我家樓下那個詩羽嗎？

該死！平常只聽歌，都沒怎麼注意點歌的人名，現在我只聽到歌是點給詩羽的，卻不知道是誰點的。

不過現在也不確定此詩羽是不是彼詩羽，說不定是別人呢？

我在胡思亂想的同時，DJ還是繼續說著：「信裡提到，遇見妳，就像是遇到我生命中的太陽，妳的笑容暖暖地融化了我冰冷的心，今天所點的這首歌，裡面的歌詞就是我想說的話，希望往後的每一天，妳都能開開心心快快樂樂的，這是我最大的心願。那麼，接下來請聽這首，王力宏所演唱的公轉自轉。」

唱出來的歌詞不用我說，大家都知道，但我聽在心裡的感覺只有兩個字可以形容，那就是噁心！

我當然不是說王力宏的歌噁心，而是那個人點這首歌給詩羽的行爲讓我覺得噁心。公轉自轉咧！我看是怪叔叔誘拐小女生，把她哄得團團轉的把戲吧！

這一夜，我失眠了，不是因爲噁心過度睡不著，而是我想著要如何才能防止無辜人類的生命葬送在惡龍的嘴裡……

♫

「你幹嘛跟著我？」詩羽在離我家兩百公尺的路口轉彎處，回過頭來問我。

「上學呀，妳要上學我也要上學，不然妳以爲我在晨跑嗎？」

「你學校不是這個方向吧？」詩羽兩手抓著書包的背帶。

「今天我心情好想走這不行嗎？路是妳家開的喔？」我聳聳肩。

「……隨便你！」

詩羽看來是生氣了，因爲這已經是我第五天跟在她屁股後面走了。

我要到學校確實不是走這條路，所以詩羽才會覺得奇怪，爲什麼我要天天跟著她。

自從那天聽到有人點歌給詩羽後，我就變得怪怪的了，我一直安慰自己，其實我正在善盡看好這隻惡龍的責任。

「……拜拜。」雖然是在生氣，不過詩羽要進校門前，還是跟我告別了才走。

上學時我是能跟著她沒錯，但是放學的話，我從學校趕過來也不一定遇得到她，所以我都直接回家，並且像個小偷一樣，會看一下詩羽家的信箱中有沒有信寄來，或是我媽有沒有又幫詩羽收了什麼掛號信之類的。

不過這種怪異的行徑並沒有維持太久，我就被抓包了。

這天放學回來，我習慣性地看了看信箱，但因爲看的是別人家的信箱，所以我特別小心，還看了一下四周，確定沒有人才敢看。就在我準備打開詩羽家的信箱時，注意力特別集中，神經繃得緊緊的。

「黃正宇，你在幹嘛？」

一句話嚇得我差點心臟爆裂，尤其聲音來自頭頂。我抬頭一看，住在二樓的詩羽趴在陽台上，用疑惑的表情看著我。

「沒……沒有啊……」

「那你幹嘛翻我家信箱？」

「我……」我腦中一片空白，不知道要說些什麼。

「你翻我家信箱想幹嘛？」

「呃……這……妳今天怎麼這麼早回家？」

既然想不出要怎麼講，我只好轉移話題，好險的是，詩羽並沒有繼續問下去。

「我明天要段考呀，今天放溫書假。」

難怪我今天在樓下等不到她，原來她根本沒出門。

「那妳不念書在陽台幹嘛？」

「念得差不多了呀，你抬著頭跟我講話不累嗎？」

「喔……我要回家了啦。」

說完我就拿鑰匙開了門，不過才走到二樓，詩羽就開門出來了。

看到她我顯得有點心虛，因為剛剛做壞事時被她逮個正著，不過既然她沒在想那件事了就還好。

「……妳跟著我幹嘛？」這次換我問詩羽了，她穿了拖鞋跟著我爬樓梯。

「沒啊，黃媽媽叫我念完書上去，要我到你家吃飯。」

「喔……」

我繼續往上爬，後頭的詩羽又繼續說著：「放心吧，我不會跟黃媽媽說的。」

「啊？說什麼？」

「說你偷翻我家信箱的事呀。」我猛然回頭，看見詩羽賊賊的笑容。「不過啊，要是某人惹得我不高興的話，那我就不知道會不會說出去了喔。」

詩羽笑得更燦爛了，燦爛得像那天拿到那封詭異的信一樣，燦爛到我全身差點起雞皮疙瘩。

我想，我錯了，惡龍始終是惡龍，我太低估她了！

這隻惡龍進了我家後，大剌剌地跑到我房間打開收音機，邊看漫畫邊聽廣播。

「妳不是明天要考試，還看漫畫？」我邊脫制服邊對坐在床邊的詩羽說。

她一抬頭，看到我沒穿上衣，馬上就漲紅了臉，「你幹嘛脫衣服呀？」

「嗯？」我看了看自己的身體，「拜託，別人要看還看不到好不好，又不是沒看過，小時候連澡都一起洗過了，妳是在大驚小怪什麼？」

「小時候是小時候，現在是現在，都幾歲了，還隨便在女生面前脫衣服，變態！」

難得看到她驚慌失措的樣子，我有種勝利的快感，看她拿著漫畫紅著臉，還一直偷看我時，我就更想捉弄她了。

我解開皮帶作勢要把褲子脫下來，詩羽見狀立刻放聲尖叫，分貝之高，讓我嚇了一大跳！

經她這麼一叫，我媽立刻衝了進來，當她看到紅著臉尖叫的詩羽，還有沒穿衣服，褲子脫了一半的我……接下來的畫面，能想像嗎？

在小小的公寓裡，一個拿著菜刀的媽媽，追逐著褲子脫到膝蓋的兒子……當然我裡面還有一件四角褲，但我媽才不管我裡面有沒有穿，臉上的表情就像是要宰了我加菜一樣。

「不要臉！我怎麼會有你這種兒子？我不記得我跟你爸是這樣教你的！」

「媽！不要啦！我跟詩羽開個玩笑而已嘛！」

「玩笑？你以為你媽是三歲小孩嗎？我都看到了你有什麼好狡辯的！」

我媽愈講愈氣，追著我跑的腳步也愈來愈快。

「媽！不要啦！我……啊！」

是的，誠如大家所想像得到的，一個長褲脫到膝蓋的人是能跑多快？

在我媽愈追愈快的情況下，我一急，腳步也跟著大了起來，忘記還有件褲子正絆著我的腳，於是，就這樣跌了個狗吃屎，還跌到流鼻血。

鼻血狂噴的慘狀嚇到我媽之後，現在的我，只穿著一條四角褲躺在床上，由詩羽拿著冰袋幫我冰敷。

「對不起……」她說。

「門寬西，次偶不襖（沒關係，是我不好）。」被冰袋壓著鼻子的我，講起話來有點鼻音。

就這麼兩句話，我們又陷入了一陣沉默，只剩下收音機持續不斷地放出一首又一首的歌。

「心若倦了，淚也乾了，這份深情，難捨難了。曾經擁有，天荒地老，已不見你，暮暮與朝朝。」也許是詩羽太無聊吧，她竟跟著收音機所播的歌輕輕唱了起來。

我很驚訝，因為我一直以為她是個音痴，而且還是個超級大音痴，沒想到她唱起歌來還滿好聽的。

「有一段時間在夜裡，閉上眼，偶爾也會聽見，有點低沉的一陣歌聲，用一種很輕的口吻，反覆唱著心中那一段不去的傷痕。」

我臉有點紅，她唱歌的樣子好漂亮……不過我沒有說出來，只是靜靜地看著她把歌唱完。

「襖了，偶已青不洞了（好了，我已經不痛了）。」我一說完，詩羽就把冰袋拿開，我才可以正常地說話：「妳唱歌還滿好聽的，怎麼吹起笛子來像是個十足十的音痴呀？」

「……要你管！誰規定歌唱得好笛子就一定吹得好聽的？」

詩羽又鼓起腮幫子，剛剛唱歌時那種漂亮的樣子彷彿是我的幻覺。

「剛剛那首是什麼歌呀？」雖然我常聽廣播，卻很少注意哪些歌是哪些人唱的。

「游鴻明的歌呀。」

「歌名是？」

詩羽拿著冰袋走出我房間前，回過頭說：「樓下那個女人。」

樓下那個女人……

我心裡想著剛剛的歌詞時，詩羽又走進來，「我要回去看書了，你應該沒問題了吧？」

「嗯。」

「還有，我還是不知道，爲什麼你會想看我家的信箱？」

詩羽說完，也不等我回答，就關上房門走了。

「如果是這樣的關係太傷人，又爲何要甘心地將自己綁綑……」

收音機裡又放出這首歌，聽了那麼多次，我現在也能跟著唱了。自從流鼻血事件之後又過了兩個月，現在已經快放暑假了。

上次詩羽在我房間唱過這首歌後，不知道爲什麼，我一聽到這首歌就會想起她唱歌的神情，還有她考完試後來逼問我的表情。

「爲什麼要翻我家的信箱？」

「因爲……妳說妳交了男朋友，而且那次還看到一封男生寄給妳的信，所以，我想看看能不能翻到別人寄給妳的情書，好來嘲笑妳啊。」這是我想了很久，覺得最妥當的說法。

「情書？」詩羽想了一下，「你是說那次你拿給我的掛號信嗎？」

「嗯。」我把頭壓得低低的，不太敢看詩羽的臉。

詩羽沉默著，更加重了我的心虛感。

「噗嗤！」詩羽安靜了好久之後，竟發出笑聲。

我疑惑地抬起頭，便看到詩羽笑著在我床上打滾。

「哈哈哈哈……」

「不對嗎？」

「你說那封信喔，那是我聽廣播 call in 得到的獎品，你會不會想太多了呀？哈哈！」

「妳也有聽廣播？那上次點歌給妳的是……」

「呃……那個喔，不告訴你！」

她對我扮了個鬼臉，無論我再問任何問題，她都不回答。

直到她要回家時，才偷偷附在我耳邊說：「其實啊，我說有男朋友的事是騙你的！」說完她就跑了，留我一個人在原地發呆。

現在想想，我也眞的很笨，她隨便說說我就相信，看來我眞的是不論什麼事都贏不了她吧！

我不禁開始懷疑，我眞的是個勇者嗎？抑或是，父母從小到大強制灌輸給我的觀念，造成了我自以爲是牽制惡龍的勇者的錯覺？

我開始認眞地思考，很認眞很認眞地想著，從第一次見到詩羽開始，一直到昨天她到我家吃完晚飯爲止，在她心裡，我是個什麼樣的存在？而她在我心裡，又佔了什麼樣的地位？

吵架鬥嘴時不是沒辦法贏她，而是我不想贏她，說不定父母的叮嚀只是個藉口，實際上是我自己心裡下意識地想讓她罷了，因爲她贏了我之後，總是很得意地開心笑著。

我想，她在我心中的地位，也許比「青梅竹馬」或是「鄰居小妹妹」要多了那麼一點重量吧。

那她又是怎麼想的？我在她心裡也會重那麼「一點點」嗎？

我想我該製造個機會問問她。

晚上我從窗戶往下看，詩羽房間的窗子開著。我拿了條長長的尼龍繩，綁了個小籃子，裡面放顆蘋果。

「李詩羽！」

我喊了一聲，詩羽的頭馬上從窗口探了出來。

「幹嘛？」

「我媽要我拿水果給妳吃。」說完我就把籃子慢慢地放到她面前。

「你騙人。」

「啊？」

「黃媽媽才不會要你直接拿整顆蘋果給我咧，更何況還是用這麼蠢的方法，你不會直接拿下來我家喔？幹嘛還用籃子吊下來？說，你想幹嘛？無事獻殷勤，非奸即盜。」

啊！被發現了……「嗯……妳在忙嗎？」

「還好呀，怎麼？」

「呃……」我思考了一下，但還是放棄了，「沒事。把蘋果拿去吧，那眞的是要給妳吃的。」

「怪人。」詩羽嘴裡嘀咕著，但還是把蘋果拿走了。

她拿走蘋果的那一瞬間，籃子突然變得好輕，空蕩蕩的，好空虛的感覺……就像我現在的心情，虛虛浮浮的，好像少了什麼一樣。

我把籃子拉了上來，右手碰到籃子的那一瞬間，眞的覺得自己蠢得可以，也窩囊得可以，不過就是一句話而已嘛，爲什麼會不敢問？

不是練習過了嗎？把籃子垂下去後，等她出來，再問她，「我對妳來說算是個重要的人嗎」，爲什麼會問不出來？

送出一顆蘋果，好像把我的決心也奉送出去了，現在的我，只不過是個被惡龍牽制的笨蛋勇者罷了！

「喂！樓上的！」詩羽的聲音從窗外小小聲地傳了進來。我走到窗邊把窗子打開，並把頭探了出去。

「幹嘛？」

「我家冷氣壞了，等下你房間借我念書。」

「喔……」

說完，她的身影就消失在窗邊了。

雖然表面上不太情願，不過我倒很高興能有機會跟詩羽獨處，平常能跟她真正獨處的機會實在不多。

明明才四月，天氣就熱得讓人受不了了，這也讓人不得不提早開始開冷氣，這種天氣，冷氣壞掉真的是件很要命的事。

「好討厭喔！都熱得不能靜下心來看書！」詩羽把裝滿書的手提袋放到我床上，人也整個往床上趴。「啊，還是有冷氣好。」她似乎很滿足地趴在床上不想動。

「妳不是要念書？不是還有考試？」現在不是趴在床上說冷氣好舒服的時候吧？

「是是是，我知道。」她說完後，心不甘情不願地把袋子裡的課本拿出來，坐到我身邊準備念書。

頓時，我房間只剩下冷氣壓縮機發出的嗡嗡聲、吹出來的風聲，還有收音機放出來的歌聲。

聽了許久，熟悉的前奏響起，是游鴻明的「樓下那個女人」。

「妳不唱嗎？」

「啊？」我突然轉過去這麼問詩羽，讓正在專心念書的她嚇了好大一跳。

「這首歌呀，妳不是會唱。」

「會是會，不過這樣突然要我唱好奇怪喔，你今天吃錯藥啊？」

「沒啊，我只是想證實，妳到底是不是音痴而已。」

果然我這麼一說，詩羽馬上鼓起了腮幫子，我發現她其實很容易中激將法。

「哼！唱就唱，我怕你喔！心若倦了，淚也乾了……」

「如果是這樣的關係太傷人，又爲何要甘心地將自己綁綑……」我接在詩羽後面，把男生的部分唱完，然後對她笑了笑，「哈，我唱得比妳好聽，妳果然是音痴！」

「哼！」她氣鼓鼓地哼了聲，便低下頭繼續念她的書了。

其實我是在逗她的，沒想到她眞的生氣了。

「……不知道今夜是否還會聽見，她的歌聲。」收音機裡的游鴻明還繼續唱著，我的嘴角泛起一個若有似無的笑容，看著詩羽的側面發愣。

惡龍？呵。

雖然「樓下那個女人」這首歌滿哀淒的，但是跟我身邊這個「樓下那個女孩」比起來……我又笑了出來。

「你笑夠沒有？」詩羽聽到我的笑聲，轉過頭來瞪了我一眼。

「好，不笑不笑。」

「我唱歌沒那麼糟吧，你笑成這樣會不會太誇張了點？」

「呃……我笑的不是妳唱歌的事啦。」

「那你到底在笑什麼？」

「沒，快念書吧。」我拍了拍她的頭，也繼續看我自己的書。

也許，一直當個守著惡龍的勇者也不是件壞事吧，更何況那還是隻有趣的惡龍，一隻唱首歌就把勇者迷倒的惡龍。

當打打鬧鬧的童年離我們遠去。

「喂！樓上的黃正宇！」

當一首歌讓內心情感起了化學變化。

「幹嘛？樓下的李詩羽！」

也許，再過一陣子吧！

「要不要……」

說不定，哪天我們會一起，聽著，唱著，這首讓我對妳動心的歌。

「……好啊。」

樓下那個女人，給我家樓下的，樓下那個女孩。

「大家好，我是你們的DJ逸帆，歡迎各位繼續收聽節目。接下來的這首歌，是台北的黃正宇點給住在他家樓下的李詩羽的，來信中這麼寫著：因爲這首歌，我發現了自己內心眞正的感覺，這首歌，只點給妳。接下來，我們就來聽聽正宇點給詩羽的歌，游鴻明所演唱的，樓下那個女人。」

作者介紹 About

Yuniko，一個在墳上跳舞的大使，目前墜落在台北縣某處，未來動向不明。著有《只在上線時愛你》及《深藏我心的愛戀》。

雲海下

◎薄荷雨

滿天的星斗是掛在天上隨風擺動的小鈴鐺，一閃又一閃，我躺在武陵農場的草坪上，希望逮到一個被風吹落的星星，好實現我的願望。

「還不睡？」萍兒躺到我身旁，輕輕摘下壓在我眼窩上的望遠鏡。

我搖搖頭。「我知道明天六點就要起床，可是就是睡不著。」

「心煩啊？」

我愣了一下，笑了，口是心非。「這次的登山活動我期盼很久，高興都來不及了。」

「是嗎？」萍兒好像看出我的遲疑，不過沒多問的，她起了身。「去加件衣服吧，愈晚愈冷了。」

我朝她點頭，但仍賴在草坪上不走，只是目送她的背影離去。她走進我們臨時借住的停車場，鑽進其中一頂蒙古包裡，不遠處，另一頂帳棚的門被拉開，一個熟悉卻又遙遠的人影出現了，那個人，是景平。

我定定地看著景平的身影。他是我曾喜歡的人，目前是我男朋友，但未來呢？未來太渺茫了，我無力掌握。

記得畢業典禮那天，他跑到我家按門鈴。白天的畢業典禮好熱鬧，我待在禮堂內代替全班上台領畢業證書，不過台下，保留給我們系上的座位早就空無一人，我的同學們很不給學校面子地連禮堂都沒進就全落跑，跑到昔日系辦前的廣場上拍照。

當時，我還只是他的好朋友而已。

我在電話裡哀求大家一定要等我到了再解散，但當我匆匆趕到系辦時，他已經先走了，而且只有他先走，那時我失望得要命。

等我回到家端起碗筷，安穩地坐在沙發上邊吃邊看電視時，電鈴突然響起。

「我是景平，妳可以下來一下嗎？」

當他的聲音出現在對講機裡時，我訝異得差點把筷子吞進肚子裡。

二話不說放下晚餐，三步併作兩步衝下樓後，他把我帶到附近國小的操場上，還很神奇地從背後變出一小束太陽花。

我又驚又喜地接過這燦爛得迷人的花束。

「我以爲從此再也看不到你了。」我說。

「我陪爸媽先回家了。」他頓了好一會後，才吞吞吐吐地開口：「對不起，看來，嗯，看來今天下午，我讓一個我喜歡的女孩子失望了。」

我先是怔了好一會，等到回過神，明白他話裡的意思時，我笑了，我好喜歡看他表白的害羞樣。

那個吹著涼爽晚風的夜裡，我們的大學生活結束了，不過，愛情生活，正要開始。

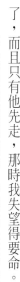

那時候我總是說，一定是老天爺特別眷顧我，才讓我在離開學校的同時，擁有了愛情。

畢業後，我和景平在找工作的空檔裡，度過了一段快樂的日子。他不用當兵，於是每天我們一起吃早餐，一起上網查工作機會，一起寫履歷表。等待回音的那幾個禮拜，如果沒有人要到公司面試，他就會騎著他心愛的小白，載著他心愛的我，到處去玩。我們的足跡和歡笑聲，遺留在許多地方。

那天，在河濱公園裡，我第一次聽到他唱歌：「我們越過海洋來到彼此的面前，共有一段不同的歲月，經過悲歡，嚐到喜悅，走過了荒蕪，看到一個美麗的春天。」是伍思凱收錄在「愛的鋼琴手」專輯裡的主打歌「這邊那邊」。景平平常很少唱歌的，他總說他的歌聲不好，但實際上他的聲音很乾淨，尤其在視野遼闊的公園裡，他哼起歌來，像是要跟遠方蒼翠的山巒美似的，迷人又動聽。

「這首歌伴奏的主要樂器是鋼琴，很輕快很好聽，我尤其喜歡間奏喔！」跟著他哼唱，我說。

「這是我非常喜歡的一首歌。」他輕輕摟著我的腰，柔聲說：「以後不論遇到什麼問題，我們都要想起這首歌，我們可是好不容易越過海洋，才由緣分將彼此結合在一起的，現在在我們面前的，是一個美麗的春天。」

我用力地點點頭，是呀，老天爺既然給了我一次與別人攜手共進的機會，我怎能不去珍惜呢？

看著他溫柔的臉龐，我頓時起了玩心。「我問你喔，如果我和你的初戀女友都被壞人綁架了，但是你只能救一個人，你會救誰？」

我是他第二個女朋友，我也知道他對前一段感情印象深刻，深刻到現在他都還會不斷提起。

「我會救她，因為我知道妳很聰明，一定會自己脫困的。」

「眞的假的啊？」我嘟起嘴。

「眞的啊，我相信妳。」

「討厭，我就知道我比不上她！」

景平看著我，突然爆笑出聲。「哎唷，這麼小氣，開個玩笑都不行？拜託，這個答案還需要說嗎？」

「愛情本來就不能開玩笑。」我還是不服氣。

他抿住笑意，兩隻溫暖的手臂圍了過來，緊緊的，緊緊的。「當然是妳囉，傻瓜，妳最珍貴呀。」

我安心了，只要他說出口的，我都相信。那天，傍晚的蟬毫不吝嗇地響起洪亮的鳴叫，像是爲我們奏上幸福的曲調，在這環繞的幸福中，我吻了他，並且堅定地，將我的喜怒哀樂都交付給他。

我曾經以爲，這就是天荒地老的證明。

後來，我們都成了上班族，大部分的時間都獻給了公司，再加上熱情減退，漸漸地，見面時間也像進了洗衣機的毛衣，縮了水。

但當時我對這份感情還是深信不疑的，我知道不論發生什麼事，總有個安定的力量，在岸上等著我，讓我找到依靠。

來到武陵農場隔天，我被登山嚮導的哨音叫醒。說實話，被這種高分貝的噪音從好夢中拉回現實還眞不好受啊，好像警察突然臨檢，一清醒就要逃命似的。

大夥分配完公家糧和登山器具，做最後一次的檢查後，便踏上挑戰體力的旅途。

這次的活動需時三天兩夜，目標是百岳的其中四岳。登山計畫是在畢業之前提的，構想一出現，班上幾個如萍兒一樣愛到處跑的同學立刻響應，不過一直過了快一年，我們才實現這個願望。

這一年裡，發生了許多事。

自從找到工作後，景平一直做得很好，但我卻因爲公司主管的嚴厲，還有同事之間不斷暗地鬥爭的緣故，興起了辭職的念頭。

我說，我想考研究所，畢業後找更好的工作。

改變的一開始都是艱辛的。爸媽認爲工作難找，既然好不容易有了安定的生活，就不要輕易放棄。天知道這樣的工作環境能不能叫安定！我每天都帶著極度的壓力進公司，打卡後又帶著一身疲憊回家，這樣的日子，我不想過了！

既然爸媽不支持我，我只能依靠景平。

沒想到景平第一句話竟然是：「妳現在才要準備研究所，會不會太晚了？」

「還有幾個月可以拚呀！」

「那麼妳想念什麼？」

「大眾傳播。」

他再度皺了眉。「這跟大學念的不一樣，不是會很辛苦嗎？」

我不說話了，我氣他一開始就否定我的能力，氣他根本沒有將我想離職、想考試的原因聽進去，當時我眞的很想掉頭就走。

「生氣了？」他摸摸我的頭，撒嬌似的搖晃我的手臂。「對不起啦，我只是希望妳多考慮一下，看來我得學學怎樣表達才是對的。」

不等我回答，他又繼續說了：「我前女友之前想轉系，一開始我也是說了不中聽的話，惹得她生氣。唉，所以是我的問題，對不起。」

我的眼裡一定充滿哀傷，我曾爲了他這種不經意的話難過好幾次。「你可不可以不要一直拿現在跟過去比較？我知道你不是在比較我跟她的優缺點，但聽到你不斷回憶以前的事，我還是會很難受，難道現在這段感情的重要性比不上你跟她的嗎？」

「不是，我不是這個意思……」他手足無措了起來。

「忘不掉過去，對我來說是不公平的，我們一開始的起點就不公平了！」

「對不起，我知道了，我不會再提她的事。」他輕輕握住我的手臂，像是希望得到一個諒解。「抱歉，我忘了那首歌的約定，以後不會了。」

從此之後，景平眞的不再提起過去的戀情。有時候，我會忍不住輕輕哼起伍思凱的「這邊那邊」，雖然兩個人在一起難免會有摩擦，可是就因爲歷經這些悲歡，我們才能嚐到喜悅，並且期盼一個更美好的春天。

不過，就在景平工作上軌道後，我和他卻漸行漸遠，他就像斷了線的風箏一樣，我雖然牢牢握著牽線，卻無法拉近彼此的距離。我突然變得好心慌，覺得他不再愛我了，這樣的心碎，讓我第一次有了分手的念頭。

「走這麼快，把景平都遠遠拋在後頭了！」萍兒追上我，笑笑的，看來她體力也很不錯呢！

我擦擦汗，看到不遠處一小塊岩石平台，脫下工作手套。「好吧，那我們到那裡休息一下，等等他。」

我卸下大背包，掏出巧克力補充體力。遠處的山好像拼貼出來的一樣，呈現點點深淺不同的綠，在午後陽光的照耀下，有些綠塊上還鑲著朦朧的金邊，好像正散發著迷人的香氣，將我的視覺熏得飄飄然的。

「這些雲海眞美。」萍兒拿起數位相機喀擦喀擦地將美景變成永恆。

「是呀，一路走過來，每座山上都覆蓋著厚厚的雲海，好像綿綿冰喔！」

「有人餓了嗎？」嚮導爽朗的聲音傳來。

我轉過頭，景平正好跟在嚮導後，氣喘吁吁的，不過一看到我，就又綻開了笑靨。

我只是回他一個淺淺的笑，沒說什麼。這一路上，我還沒準備好該用什麼樣的表情面對他。其實在登山之前，我原本想跟他提分手的。

「你們很厲害耶，第一次爬百岳就選武陵四秀，這條路是出了名的難爬，不過往好處想，以後不管爬什麼山都難不倒你們了啦！」嚮導扯開他洪亮的笑聲，把狹窄山路兩旁的長草震得一抖一抖的。

「我們今晚要住山屋對吧？」我打開礦泉水喝了一口後，繼續問：「還有多遠啊？」

「還有好幾個小時呢！不過山屋設備很好，辛苦絕對是值得的。」

聽了嚮導的話，我拍掉綁腿上的小樹枝後，起身。「那我想趁現在還有體力，一鼓作氣趕快到那裡，而且再晚一點就要摸黑走了吧？」

「要不要我陪妳……」

我沒多考慮就搖搖頭。「你才剛上來，多休息一下嘛。」

景平因我的拒絕而愣住了，露出不解的表情，不過很快的，他又露出笑容。「前面的嚮導應該沒有離很遠，不過還是小心點喔，跟著山隊的布條走，不要迷路了。」

「不會啦。」我揹起背包，不知怎麼的，景平的溫柔叮嚀對我來說，已變成悲傷的負荷。我看看萍兒，她手中的餅乾還沒吃完，沒有要跟我一道走的意思，想了想後，我拋下一絲不安的情緒，獨自往前。

一路上，我一直想找機會跟景平談談，但猶豫和觀望的心卻又讓我一再遲疑，其實我們之間的問題早在不知不覺中像塵埃一樣悄悄累積，積到如今我已感受不到那份最珍貴的東西了。

我穿過一片樹皮斑駁的林子，走到一大片碎石地。滿滿的巨大碎石鋪成一條橫在我眼前的上坡路，我的右方，通往池有山。

我理應要往前走到山屋的，但我突然好想一個人靜一靜，於是，我右轉，走上深灰色的碎石路。這條路上只有我一人，頓時一股孤寂的冷空氣圍攏上身。

我很想掉眼淚，因爲在愛情的路上，我也孤單了好久。

我想起那段把工作辭掉，專心準備研究所的日子：白天到補習班上課，晚上回家繼續K書，我拚命往自己的腦袋塞進各式各樣的考題，只期盼能趕上大家的進度，期盼四月考試後，能讓家人刮目相看。

在身體和心理都被壓力擠得死死的情況下，我好需要有人陪伴。

「喂？今天晚上要不要一起……」我頓了一下，發現景平接電話的地方好安靜。「你還在工作呀？」

「是呀，這禮拜開始變得超忙的，恐怕得待到九點或更晚。」

「九點？你八點上班，卻要九點才能離開？」

他嘆了口氣，我猜他現在一定是一副「饒了我吧」的表情。「沒辦法，大家都很拚，我又是新人，沒道理先下班。」

「是喔……」我心裡一陣落寞，已經好幾天沒見面了。

「對不起啦，下班後打給妳？」

「沒關係啦，本來想找你吃晚餐的，我自己吃也行。繼續加油喔，回家小心點。」

「呵，聽到妳開朗的聲音，我的精神又好起來了。」

掛上電話後，我失望地盯著話筒。其實我好寂寞，壓力好大，好想大哭一場，但一想到景平正在忙，所有的情緒就全部吞回肚子裡，取而代之的，是佯裝出來的愉快語調。

我不想讓他也感染到我的低潮，尤其在他不只一次告訴我，公司滿器重他，他想要更努力工作後。

那個夜晚，我一邊看書一邊等他的電話，早已超過我睡覺的時間了，但我還是撐著，怕他打來沒人接。

「都這麼晚了，他也應該睡了吧？」我抓著鬧鐘，頹然地將下巴抵在桌面上。苦苦等待後換來的卻是一場空，這種滋味眞不好受。

對不起，昨天回到家就累得癱到床上，忘了打電話這回事了。這是他給我的解釋。人是很奇怪的動物，當不合理或無法忍受的事三番兩次地發生後，人們就會試著接受它。

從此之後，我學會了一件事：晚上打過去，如果他沒接，那麼他已經睡了；要是我沒打給他，也等不到專屬他的手機鈴聲響起，表示他回到家就累翻到床上了。

「我們好久沒見面了。」又一次的，我對他說這句話，其實我想說的是，我們好久沒有擁抱，你好久沒有摟著我的腰，也好久沒有好好聊聊天了！

「那麼明天好了，星期六，我應該沒事，我再打電話給妳吧。」他溫柔的聲音傳進耳裡，我的不安再度被他撫平。「乖，趕快去睡覺吧，晚安。」

我想，在這充滿徬徨無助的時間裡，唯一能讓我安心的，還是他的話語。無法見面，我只能緊緊抓住他的聲音，從語調中尋到我想要的幸福。

只是這樣的信念，往往維持不了多久，隔天，等了一整天，都是空白。

「你不是說今天要碰面？」我忍不住打電話過去。窗外不知何時飄起細細的雨絲，我覺得自己的心裡也在下雨，這雨，還摻著鹹鹹的眼淚。

「啊，對不起。」他那突然想起似的語氣，讓我聽了好不舒服，對不起三個字，更是帶著刺般，讓我心痛，可不可以不要再說對不起了？

「下午到公司加班，晚上我跟爸媽去吃飯，所以……對不起啊。」

不要，不要再說那三個字了！

但我終究只是淡淡地吐露我的哀傷。「沒關係，那麼下次吧。」

好輕易的，我又原諒了他。不只一次的，我覺得他不夠愛我。我想，如果我對他來說已經是可有可無的了，那麼女朋友這個頭銜還有存在的意義嗎？我不禁想起這段路上，總有大大小小的挫折，問題好像接二連三似的解決不完，但當我們需要好好溝通時，景平卻完全挪不出時間、放著問題不管，突然間，我好累了，徹底地累了。

「我在這邊，你在那邊，愛像風箏一條線……」我幽幽地哼著，覺得自己的心，好像永遠都進不了他的世界。

「恭喜！妳是第五個到終點的人！」

另一名嚮導低沉的聲音傳進耳裡，我咧開嘴，舉起雙手，耶！總算到山屋了，可以休息囉！

這個紅色屋頂的小山屋共有兩層，進門後是個小小的長方形玄關，玄關連接了兩個通往第二層的直立窄梯，第一層除了玄關的空間外，都比地面高約二十公分，形成一片寬敞的塑膠平板空間，全屋大概能擠得下二十個人。

我被分配到第二層，於是先將背包遞上去，脫下綁腿、登山鞋後，很快地攀到上鋪。上鋪的天花板很低，相對地感覺空間比較小，不過當一個人揹著十幾公斤的東西走了一天的山路後，給他豬窩狗窩他都會欣喜若狂的。

我攤開四肢，滿足地躺在床板上，看著窗外漸漸暗下的天空。落在後頭的那些隊員恐怕得依靠手電筒探路了。

「晚餐好啦，大家快來吃喔！」

宏亮的聲音響遍整個山屋，我從二樓探出頭，一包包的料理包泡在滾著一顆顆泡泡的熱水中，旁邊一個大鍋蓋掀開，成白霧狀的蒸氣爭先恐後地衝出蓋子，讓鍋中的白米飯呈現眼前。

「咦？」我搜尋了一下，沒有看到景平和萍兒的身影。「嚮導，我的兩個同學剛剛不是跟你在一起嗎？」

丹田氣十足的嚮導抓抓頭，想了想後，拍了一下手掌。「喔，妳說他們呀，休息過後我們是一起走沒錯啦，不過後來他們累了，後面又有幾個隊員追上來，那個男生就要我先帶那些隊員離開啦！」

說著說著，最後一名嚮導已經踏上山屋前的木板，我看看跟在他後頭的人，沒有，都不是我要找的，我開始擔心了。

「他們是不是迷路了？」

話一出口，聲音低沉的嚮導二話不說地戴起頭燈，連同最後上來的嚮導出去找人。

天色完全暗下來了，水氣陡然凝聚，弄濕了山屋前的兩張桌椅。我吃不下飯，只是直挺挺地靠著桌子，焦急等待著。遠方層層的山巒中，雲海仍舊牢牢地附在山頂，朦朧的白光從雲層中隱隱透出。

等著等著，我突然明白自己還是喜歡他的，在心底深處，仍舊渴望他的一次擁抱、一個親吻、一段安慰，只有在聽到他的話語時，我才會感到安定，只有在他身邊時，我才會知道自己是完整的。

但到底是爲什麼，讓我對這段愛情有了放棄的念頭呢？

我想，是我一直以爲，那份最珍貴的東西已經失去了。我覺得自己的心已經慢慢枯萎，景平需要有人逗他笑，我就逗他笑，但當我陷入低潮，需要人陪伴時，他卻無法留在我身邊。我好累了，我孤獨太久了。如果他只是希望有人在他工作忙碌之餘給他鼓勵，讓他稍微依靠一下，那麼我將不再是唯一的，不再是無法取代的了。

我的心在掙扎，好想一鼓作氣了斷這份感情，解脫了，就不必再爲他的食言而悲傷，因爲已經不會再期待。

但是，那份最珍貴的東西，也就是愛情，眞的已經失去了嗎？至少在等待他回來的這刻，我了解了，對我而言，愛情並沒有消失，但是他呢？他對我的感覺，是不是只剩下習慣了？

「哪，吃吧，別擔心，妳同學一定會來的。」原本爽朗的嚮導此時的語氣低沉了許多，他也在擔心吧，但總不好表現出來。

我接過調理包，呈了碗飯，卻吃得索然無味。

「來了來了！」有人大喊。

我終於看到兩個熟悉的身影，他們一起露出了笑容。頓時，我的眼眶熱熱的，並且明瞭到，我有多害怕失去景平。

我很快地跑上前，給了景平一個淺淺的笑，並且遞上熱呼呼的調理包。今晚他也累了，想說的話明天再說吧。

隔天清晨五點半，天色還沒亮，露珠還沒乾，全隊的人已經用山屋旁匯集器裡的雨水盥洗完畢，準備出發了。

爬到一半時，後頭有人驚呼：「太陽出來啦！」

我回頭一看，黑色山脈間，升起了一條被壓在深藍天幕下的橘色緞帶，緞帶中央的顏色慢慢由橘轉黃，再來是金黃，才沒多久的工夫，一顆耀眼得讓人無法直視的太陽已浮在山脈上，喚醒了大地的一草一木。

「好美！」我忍不住說。

「是呀，跟妳的愛情一樣美。」萍兒微笑。

我「哈」地笑了出來，我的愛情？

「昨天我跟景平迷路的時候呀，妳知道他對我說了什麼嗎？」萍兒邊說邊脫下雨褲和綁腿。「我們聊到妳，我說妳看起來不太開心，是不是吵架了？他說，他是覺得妳好像有心事，但似乎拒絕他的關心，所以不知道如何開口問，要不然他也很希望能幫妳。」

我的心頭一驚，原來一路上景平還是一直默默關心我的。

「我問他，是不是說了什麼不該說的話？還是之前忽略妳了？他很仔細地想了想後，才驚覺也許是因爲前陣子都在忙工作，沒有好好跟妳聚聚。他說得沒錯吧？」

我看著遠方的旭日，無奈地笑了。「他好像不那麼喜歡我了。」

「是嗎？」萍兒轉過頭，眼睛裡閃著光，那層光，摻著羨慕和喜悅。「原諒我的直接，我也問了他同樣的問題喔，妳知道他說什麼嗎？呵呵，」萍兒突然掩嘴而笑，「他回我，『喜歡？我不只喜歡她，我，我愛她』。」

她學著景平的口氣，嘲笑他因爲害羞而結巴。但我卻被景平這番坦白的話嚇了一跳，因爲認識景平的人都知道，平時他很少提起我們的相處情形的，甚至有人私底下問我，我們之間是不是出了什麼問題，要不然怎麼幾乎不曾聽過他講我的名字呢？

景平說，這是兩個人的事，不需要常常掛在嘴邊吧？

「妳很幸福。」萍兒補了一句。

我的眼眶是酸的。對於景平親口對我說的話，我總會有幾分保留，認爲大多數時候，他的好話不過是在安慰我而已，但這次，是由別人口中說出的……

前往桃山的路上，景平一路跟在我旁邊，他的精神很好，邊走邊哼著歌。

「感謝的淚，因爲有你，感覺都不累，住在一個溫暖的畫面。」

這個旋律，再熟悉不過了，我輕輕地跟著他一起唱。突然，他頓了一下。「待會妳要專心聽歌詞喔！」

我們走在一大片草坪的小路中，桃山就在不遠處了。就著這塊廣闊的空間以及驕陽的暖烘下，他大聲唱著：「……用沉默當作安慰解讀你的傷悲，兩顆心，用感覺連接，兩邊變一邊。」

我仔細地聆聽一字一句，內心頓時湧現止不住的激動。

「用沉默當作安慰解讀你的傷悲，兩顆心，用感覺連接，兩邊變一邊。」最後一段，他又重覆了一次。

頓時，我明白他想傳達的意思了，我好想趴在他身上大哭一場，但我只是輕輕撇過頭，讓微風帶走淺淺的淚光。

「我們雖然不常見面，但我的心總是繫在妳這頭，我知道這陣子我們講電話的時間愈來愈少，但妳不說，我也忽略了妳的感受，我以爲只要依靠感覺，而不需要以行動來向妳證明什麼。」他牽起我的手，我又想掉淚了，這份來自掌心的溫度，我渴望已久。「我不是會說話的人啦，只希望以這首歌獻上我的眞心。」

「最珍貴的東西，沒有失去嗎？」我不安地問。

他溫柔地看著我。「經過千山萬水，才找到妳這塊安定的世界，最珍貴的東西，當然不會輕易失去。」

「眞的嗎？」

他堅定地點點頭。「以後如果我又不小心讓妳難過了，一定要馬上讓我知道，好嗎？我很呆，沒有妳敏銳，所以有些事會察覺不到，但別以爲我沒有心去解決。」

我想起畢業典禮那天，他獻上一束太陽花時的靦腆模樣；想起他緊緊抱住我，對我說「妳最珍貴」的傍晚；想起找工作的空檔，我們一起吃早餐的畫面。好多甜蜜的回憶突然湧上心頭，其實跟他在一起好快樂，我們只是需要多一分理解，才能繼續一同追尋夢想呀！

我笑了，也在心裡頭感謝萍兒，要不是她跟景平迷路時跟他說那番話，景平也不會對我說這些吧？

接著我們來到桃山上，三百六十度的視野盡收眼簾：日光明媚，遠方，大壩小壩、奇萊、雪山等台灣百岳看得清清楚楚。潔白無瑕的雲海仍舊覆滿山頭，碧藍澄澈的天空拉出無窮無盡的清朗。

過了一會兒，雲海改變了位置，原本積滿白絮的地方露出了被擋在後面的山巒。

「其實一直都在的，不是嗎？」景平遞上一杯溫熱的奶茶，對我說。

「山嗎？是啊，一直都在的，只是被雲海擋住了。」

「我們之前，是不是也有很多感覺被雲海擋住了？」

我怔了一下。對我來說，喜歡他的心就像山巒一樣，一直都存在的。在這之前，我以爲我們之間只有訊號微弱的眞心，卻沒有熱情，而絕望地認爲光是這樣無法擊敗自私和懶惰。

下了桃山後，我們還走訪了喀拉業山，接著原路折返，開拔到池有山。池有山的山頂只有一小塊休憩地，全都是碎石，四周雲霧繚繞，雖然無法俯視大地，雖然三千多公尺的高度讓我們每次呼吸的量都要多上一些，但這種感覺好像身在仙境。

迎上撲面而來的霧氣時，我又想起了景平的話：只是被雲海遮住了，其實山一直都在的，不是嗎？至於他到底有沒有像我這麼愛他，好像已經不是那麼重要了，不論如何，只要有不變的愛，只要有解決問題的心，那麼愛情還是值得繼續努力的呀！雖然有時雲海遮得多一點，愛對方的心減一點，有時遮得少一點，愛對方的心就增一點，但喜歡一個人本來就是這樣，有熱情的時候，也有平靜的時候。

明白了這點後，我突然很想給景平一個擁抱，並且告訴他，我好想一直待在他身邊，於是，我很快地跑向前，想追上景平……

突然一個窟窿讓我右腳踩空，頓時整個重心往右狠狠摔過去。窟窿下是個斜坡，我根本來不及反應，人已經止不住地朝下滾，眼前閃過一根長條狀的東西，嘶一下，右眼上方一陣刺痛，又熱又麻的血液立刻遮去了我一邊的視線。

「啊！」

我聽到上方幾聲尖叫，兩手也在撲了幾次空以後，抱到了一根粗樹幹，這時我才感覺到全身都疼痛得不得了，一定摔出好多塊瘀青了！我的耳朵嗡嗡叫，幾乎要聽不到嚮導們的呼喊。

「我在！」我用盡全身的力氣回應著，本來還想叫：快下來救我呀！拜託！但顫抖的手臂和恐懼的心情讓我根本喊不出其他的話。

我好像等了一百年那麼長的時間，才總算感覺到回溫的空氣。

「到了，我們到了！」來到我身邊救援的嚮導慌忙問：「有沒有骨折？脫臼？」

我勉強搖搖頭，雖然全身都在痛，但我知道都只是小傷。

「太好了，不幸中的大幸。」他將編織繩綁在我腰上，扣上勾環，很快地把我拉上去。

我眼角上的血早就佈滿了三分之一的臉，我甚至可以聞到血腥味。當大家看到我的傷勢時，都驚叫了起來。

一塊紗布立刻壓上我的傷口，我淺淺地哀嚎著。

在緊緊圍住我的人群中，我清楚地看到一張臉，那張臉上，擔心、慌張、無助、難過的表情全都一一浮現，不過隨即，他收起情緒，換上了一張我這生中所見過，最溫暖最令人安心的笑容，「別怕，已經沒事了。」

我的眼淚再也停不了，因爲這一瞬間，我看到了愛情，眞正的愛情，我總覺得他不夠愛我，總希望他能用行動、用言語來證明，卻不知道無形中，我要的證明早就在我身邊：他唱的那首歌、他對萍兒說的話，還有他明明很擔心卻又極力安慰我的表情，這些都是愛情啊，是的，一直都在，只是被雲海遮蔽了！

在下山的路上，景平一路陪在我身邊，給我鼓勵、逗我開心，山路不知不覺中很快地走完了。到了護理站後，他心中的大石才眞正落地，我看到他偷偷拭去眼淚。

而我直到此刻，才完完全全體會到他對我的愛與關懷，其實眞心是很難用一些標準去衡量的不是嗎？我不應該對這種事太執著呀。

回到台北後，我繼續拚研究所的考試，放榜時，我的名字出現在學校的錄取名單上，我高興得不得了，這陣子的努力總算沒有白費。

而之後，我總愛賴在景平的懷中，逼他唱伍思凱的「這邊那邊」。

「哎唷，我歌聲很難聽啦！」

「的確是。」我故意取笑他。「但是再怎麼難聽，到我的耳裡，都是天籟！」

「妳騙人！既然聽到的都是天籟，又怎麼知道我唱得難聽？」景平伸出大手，毫不留情地朝我腰部攻擊。

我被他搔得快喘不過氣來，只能趕緊落跑，邊跑邊大笑。

「我們越過海洋來到，彼此的面前……」

遠遠的，他大聲唱著，我停下來，微笑看著他。想起在武陵四秀的那段掙扎，還有之後對愛情這份信仰更加堅定的心情，我們的愛情，就如同伍思凱的這首歌一樣，走過悲歡和淚水，最後，兩顆心，用感覺連接，攜手邁進。

只要愛還存在，便能克服一切，我深深相信著。

雲海下的美麗山巒，其實一直都在的，不是嗎？

About
作者介紹
薄荷雨，喜愛在夜晚，將一天的思緒沉澱，化作一個個的文字，著有《銀色獵戶座》及《純真的間奏》。

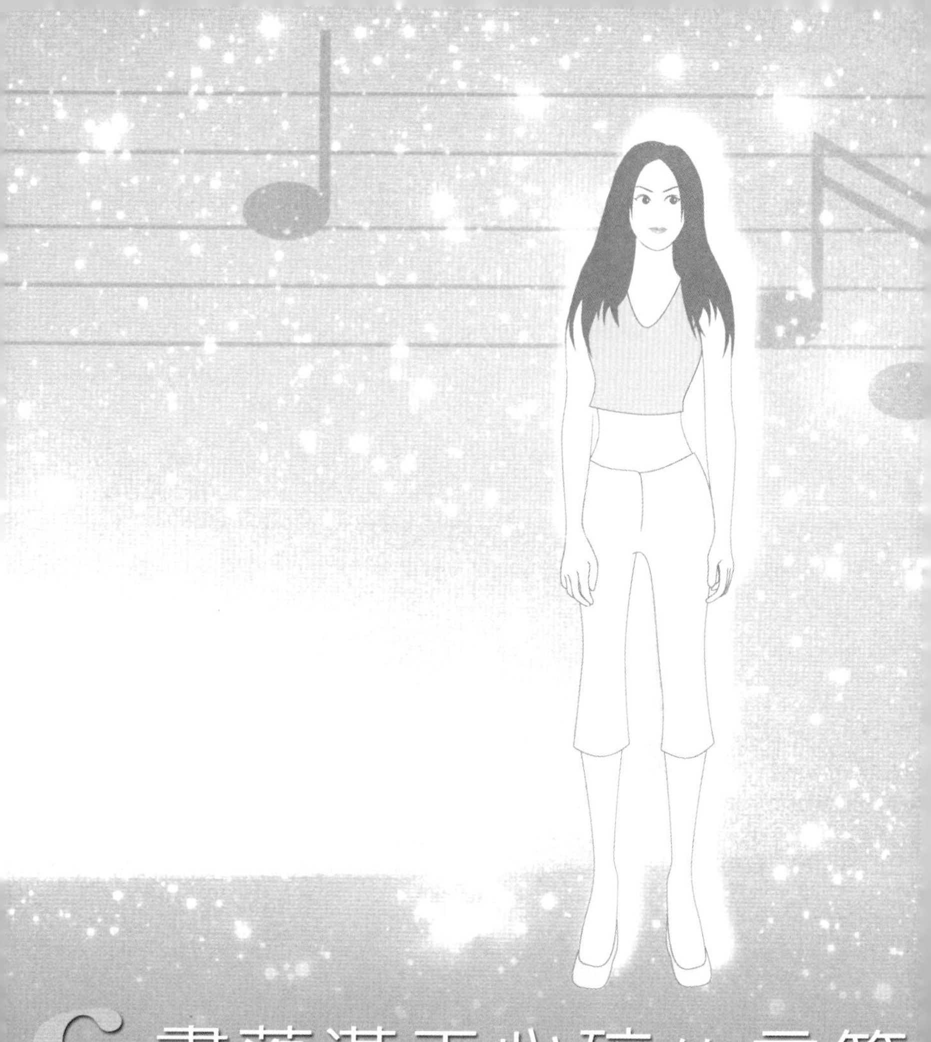

C 畫落滿天心碎的音符

繁星點點，綴得夜空一片燦爛，

但親愛的，你怎麼不在我身邊？

我抓不住燦亮的星子，

更抓不住曾經屬於你我的串串音符，

眼前模糊成一片，曲，不成調……

喝完這杯咖啡就走開

◎穹風

放下了手中的咖啡杯，把香菸捻熄，我想找個起頭的地方，好敘述這漫長的過程，但最後我失敗了。房間裡瀰漫著殘存的咖啡香，一個人獨處，才發現原來害怕擁有大的空間。一切依舊，我彷彿還活在原來的美夢中。

時間是中午剛過十二點，我搭上了往台中的客運，準備轉車到機場。一萬英呎不算太高空，還看得見陸地與海洋，也就還看得見會令人神傷的世界，那種苦悶是可以飄洋過海的，人到哪裡，這滋味也跟著會到哪裡。機翼掠過雲層時，拖曳出長長的白色雲線，彷彿一路拋棄著什麼，但我知道，那日色的雲線裡，並不包含我的問題。所以當螺旋槳飛機降落在金門的尚義機場，當我拿了隨身行李，走到公車候車處的時候，我還是會打開手機，撥那一通台灣的電話。

「我到金門了。」我說。

「嗯，很抱歉沒能送你去機場。」

「沒關係。」

然後是沉默，是沉默，倘若我們可以多說點什麼，或許不會是這個樣子。但無奈的是，我們都不是能夠多說點什麼的人。

「下個月……什麼時候回來？」素雲問。

我說我不知道，我不是負責排休的人事參一，這並不歸我管。

從尚義機場到金門縣最大的城鎮金城鎮，再由金城鎮轉車前往水頭碼頭，搭乘小渡輪過海，才會抵達小金門。這段路程需要的時間很漫長，足夠延續我今天下午一個人在咖啡店裡的思緒，讓我在腦海裡，把美麗的回憶重新撥放一遍。

大四的學生們爲了參加校內的視聽媒體創作展，計畫拍攝一部單元劇，他們自己編寫劇本，也找來同學當演員，至於拍攝技術上問題，則找了素雲幫忙，她是剪輯室的教學助教，又跟學生處得來，所以剪輯室多得是登門求教或求援的學生。

今天是我假期的最後一天，非得飛回金門不可，因此無法過去幫忙，聽說學妹們挑了大安港的海邊做場景，那地方還是以前我幫她們物色的。趁著出發到機場前的最後一小時空閒，我獨自走到跟素雲第一次見面的咖啡店，點了一杯自那之後，沒再來喝過的冰拿鐵，趁這短短幾十分鐘，我想安靜想點什麼。

星期日下午的咖啡店裡有不少年輕的學生逗留，獨自佔著一個靠窗的座位，我輕輕打了個呵欠，想起素雲的睡臉，那張連睡夢中似乎都不安穩的臉。

一個人睡眠的時候，有一些不自覺的小動作，會反映出這個人心理或生理的不安定。素雲總是這樣，儘管睡得再深沉，夢迴問老會忽然抽動手腳，甚至容易驚醒。我曾承諾過，這輩子都緊緊擁抱著她，讓她再沒有擔心受怕的一個晚上。

當然從這裡開始敘述，會顯得有點突兀，但我能做的實在太有限，有很多、更多，是我窮盡腦力也無法想得透徹的，那些開頭的美好與後來的挫折，在我的腦海裡怎麼都無法取得平衡。

二〇〇一年，跟著新世紀一起開始的，還有新的愛情。放棄了全世界的期待，背對著所有人的責難，我跟素雲在小茶館裡決定了我們要在一起。見證這場愛情的，只有珠寶店裡把戒指賣給我們的三個店員。

「也許生命中總有不能預料的不安，但至少妳的不安裡，不會有我。」我承諾。

「也許你這個人這輩子注定了安定不下來，不過我相信你的旅程裡，身邊都會有我。」她也承諾。

於是我們走了很多地方，做了很多事情，從音樂與文字的創作，到天南地北的旅行，當我慢慢遺忘因爲不顧一切地只想跟素雲在一起，而遭受身邊朋友與家人的不諒解時，我收到一紙兵單，奉召入伍。當素雲終於擺脫了那看似簡單，卻其實複雜的辦公室爭端，卸下了行政助教的工作，改任教學助教，把工作範圍遷移到文學院四樓的剪輯室去，她說：「如此，我可以不必再捲入麻煩的人事問題，就在這裡等你回來。」

我知道她想避開的，是那些無謂的爭端，也包含別人對她愛情的質疑。我曾是她的學弟，在我大學生涯的最後半年，她是我們的助教。學生跟助教之間的愛情，並不適合一般人的理念，更何況，爲了廝守在一起，我還不惜跟交往了將近四年，雖然已經形同朋友，但卻背負了太多同學祝福的同班女友分手。

翻開皮夾，有一張素雲笑得很燦爛的臉孔。那是入伍前我們在台東太麻里的金針山上拍攝的，她戴著一頂銀白色的安全帽，和我騎著車從山上一路晃下來，我們在山路彎處，看得見海的地方停下來拍了這張照片。我不記得我那時可曾說過些什麼，但我還記得後來我們跑到無人的海邊，對著太平洋大吼大叫的放肆心情。

「這種感覺，離我們都有點遠了，對吧？」看著照片，我自言自語，渾不理會候機室裡別人對我的異樣眼光。

副中隊長在我執勤時過來巡視勤務，順便問我怎麼了，他說打我下午回到中隊，臉色就不大好看。

「也許是咖啡喝多了吧。」我說著，搖晃自己手上又一杯喝完的咖啡杯。

「沒有這麼累吧？喝這麼多？」他拍拍我的肩膀，問我是不是台灣那邊怎麼了。在這個中隊裡，我跟副中隊長的年紀相當，因爲他是志願役軍官，我是大專兵入伍，比起其他的小朋友們，我跟副中隊長是比較能聊得來的。

「還不就是老樣子嗎？一個月放一次假，回去把問題解決了，然後回金門二十天，繼續累積問題，等下一次再回去處理而已。」我攤手，放下咖啡杯，拿起手電筒往外面的海岸線照呀照，權充作是一次潦草的巡邏。

「兩個人之間怎麼會有這麼多問題呢？」沒談過戀愛的副中隊長有點疑惑。除了微笑之外，我不曉得如何解釋，這種不足爲外人道的心情，說了也是白說。

墊在咖啡杯下的，是一本寫剩不到幾張的信紙本。打從入伍開始，只要一有時間我便會努力寫信，儘管內容只是生活瑣事，只是一點感想或感覺，我都會落入文字之中，寄給素雲。

「今晚什麼都沒寫？」他也看見了我桌上空白的信紙。

「寫多了，不知道還能再寫什麼，來來去去，每天幾乎都是一樣的事情。」我把安檢站的燈打亮一點，拿起咖啡杯，闔上了信紙本，「可是不寫，又老覺得自己一天少做了點什麼事。」

這是一個可以使用行動電話的單位，可是我一直以來都還是喜歡寫信，畢竟，化成文字的句子，是經過思考的，不像說話的時候，我們經常不經大腦就說出一些沒意義，甚至有殺傷力的言語來。

「過多的關心，會讓對方以為你的關心是理所當然的，不然，你就自己好好斟酌吧，我們人在外島，很多事情是不能強求的。」離開前，他這麼說。

我又沖了一杯咖啡，靜僻無人的碼頭邊，只有這座小小的安檢站還透出燈光。我放了一張陳昇的專輯進隨身聽，然後外接到唱片行買來的便宜小喇叭，陳昇跟彭佳慧在合唱著「喝完這杯咖啡就走開」。我很喜歡其中兩句歌詞，他說：「撇開不好的情節，彷彿還是美夢，所以我決定要一個人住在夢裡面。」

我跟素雲之間，有一些不大美好的情節，那些不足以讓美夢變質，至少當我在這裡思念時，我不會想起我們為了放假時間敲不定，影響她排年假，或她老是有約不完的社團學弟妹，經常讓我找不到人的那些不愉快，以及爭執。

喝了兩杯咖啡之後，跟我一起執勤的學弟過來問我是否要去支援，聽說西邊據點有狀況，兩艘大陸漁船近岸，可能有小額的走私活動。

「這種事情你拿主意就好。」我說著，點了根菸。

如果可以的話，我想變成一個沒有主見的人。兩個人在一起，一主一從是最簡單的方式，最悲哀的則是兩個人都不懂得怎樣做決定，那就只好一起浪費生命。我喜歡凡事都掌握在手中，除非必要，否則我不喜歡聽命於人。而素雲也是個固執的人，對很多事情，她都有自己的一套想法。兩個過於自我的人，如果能夠取得協調，那會讓生活更加豐富；但不幸的，如果兩個人都過於堅持己見，就會像昨天晚上一樣，我想請素雲送我去機場，她說她答應了學弟妹的邀約，要拍攝單元劇，排定的行程，她不喜歡更改。

「到機場只需要一下子，頂多花一個小時罷了。」我說。

「你知不知道攝影機要取自然光？也許一天只有那一個小時可以拍攝？」

我說我當然知道，我玩攝影機的時間比她更久，但問題是，這一天是我要回金門的日子，過了今天，我們又要等二十來天才能再見面。

「難道妳要我自己騎機車去機場，把車扔在那邊？」收拾著行李，我有點不悅。

「不然問一下你的朋友嘛，星期日大家應該都有放假，總有朋友可以送你去吧？」

我無言了，很想問她是否已經遺忘，在我們決定廝守的時候，我放棄了多少原來的人際關係，而這當下夜已深，又要我上哪裡找人去？

於是隔天的我自己上了公車，輾轉回到金門，那通報信的電話裡，我們沒再多說什麼，因爲彼此都覺得有愧於對方吧？我沒能體諒她的工作，她沒能體諒我的心情。

「學長，有船聲！」在外面收聽無線電通報的學弟，匆匆忙忙跑了進來。

我關掉了音樂，停止自己漫無方向的思考，抓起電擊棒與手銬便往外跑。那漆黑的海面上，隱隱傳來柴油引擎的聲音，聽起來至少有三四艘大陸漁船，正往西側海域過去。

於是我要學弟立即通報，請那邊的查緝人員留意動靜。然後我拿出手機，心想，或許我應該打通電話給素雲，跟她說今晚我這邊有點狀況，有什麼事情明天再聊。

「學長，那邊請求支援了！」學弟聯絡完之後，又跑過來對我說。

今晚的天空是一片烏黑，雲層遮住了星空明月，插在口袋裡，手終於沒把手機拿出來。不希望素雲今晚因爲我們又要出機動任務而擔心，我不要她睡得不安穩。

「走！」轉身抓起了小卡車的鑰匙，我對學弟說。

撇開不好的情節，我會好好活在有妳的美夢中。

我想應該不只素雲而已，大部分我在台灣的朋友，都無法想像我在這裡的執勤狀況。就拿這一晚來說好了，無線電裡傳來求援的消息之後，我們抓起裝備就往指定地點衝，但結果那些想要靠岸交易的大陸船隻卻怎麼都不靠過來，只是在近海徘徊著。

稍後趕到的副中隊長，研判狀況還未解除，於是我被分派要留下來繼續守衛，安檢站的警戒工作則交由其他同仁負責遞補，我跟學弟得留在這裡盯著海面。

「必要時就找掩蔽，等到他們上岸交易再一網打盡。」副中隊長交代著。

這種守衛工作有個專屬的名稱，叫作「埋伏」。我們會趁著月黑風高的時候找好觀測點，趁著大陸漁船靠岸時，衝到海邊將他們的人、船、貨盡皆查扣下來。這是岸巡工作中最危險的一種，因為我們無法預料將會遭遇到怎樣的抵抗，甚至攻擊。

等待的時間裡，學弟拿出了手機，打給他在台北的女朋友，而我則給自己點了一根菸，開始望著漆黑的海，輕輕唱起了歌。

剛開始聽「喝完這杯咖啡就走開」時，是我跟素雲剛在一起的時候，那一回我在家裡彈吉他，唱起了這首歌，素雲還說這首歌聽來頗有感覺，就可惜我沒喝酒，少了點放肆的味道。於是我把專輯拿給她，我們開始練習合唱。

當時並不能深切了解歌詞的意思，也總以為歌詞裡的故事不會跟我們有關，我總以為靠著信念，就可以將不在一起的兩個人的心，牢牢拴在一起，還天真地以為，靠著電話跟信件，我們就能完全了解彼此的狀況，甚至幫對方想出所有問題的解決辦法。

不過那都只是想像，就像現在，沒來過金門的素雲，無法理解我們的勤務跟一般陸軍究竟哪裡不同，也無法想像為什麼我明明是在當兵，卻盡幹些像警察一樣的工作。有些事情說了也是白說，於是我開始習慣沉默，不希望她又擔心得睡不著。

只是人算不如天算，眼看著都已經半夜快兩點，我以爲素雲應該已經睡了的時候，她卻打了電話來。

「在忙嗎？」她問我。

我說其實還好，正在海邊遙望大陸那方向的漁火呢。

「你不在安檢站嗎？」

「晚上有點狀況，我過來支援埋伏組。」

「又是埋伏。」她的聲音有點怨懟之意。

我試著說明今晚的狀況，也告訴她不用擔心，就我自己在這裡當兵當了快一年半的經驗看來，今晚那些船隻應該不會靠岸，而且，就算他們靠岸了，在場沒有比我更資深的士官，我也不再需要像以前一樣身先士卒地衝下海去，只需要在岸際指揮人員就夠了。

「話不是這樣講呀，你明明是安檢站的，爲什麼要過去支援那種勤務？」

我不知道應該怎麼解釋，在部隊裡凡事都聽命令，人家要我過來，我總不能抗命，單位人少，互相支援本來就是應該的。

「只是偶爾嘛。」

「他們知不知道你有老婆在家裡？爲什麼要派你做這種危險的工作？」

「我知道妳擔心我，可是其他同仁家裡一樣有人在擔心他們，我不能說不來就不來，況且我們也還沒經過眞正的結婚程序……」試圖說明時，我低頭看著自己左手無名指上，那枚刻著圖騰的銀戒，這是我們決定廝守在一起時，互相送給對方的一枚戒指。我很認眞地看待我們自以爲的婚姻，不過別人可不這樣想，大多數的人只認得身分證上的配偶欄，也只把我們的承諾當成小兒女甜蜜時的戲言罷了。

「算了，你知道我會擔心就好了。」沉默了一下，我問素雲還不睡的原因。

「我有點事情想跟你談談……」大多數的情人有事情要「談談」時，通常都不會是好事情。我把夜視鏡交給學弟，自己走到岸邊的大石頭旁來。

「我在想，要你學著更設身處地替我想，這似乎還是很難。」她說。

我自然明白，那是爲了今天回金門的事情，也當然明白，類似的事情絕對不只發生在今天。比方說，她想騎著機車到大甲或清水那邊去吹吹海風，我會說：「可不可以等我回台灣再陪妳去？」我擔心的是她的安全，她不高興的是那當下心情的鬱悶竟必須等待近半個月之後才得以宣洩。

又或者她因爲工作上的人事問題，煩惱得想要離職走人，我總說不然等我回來再一起商量。可是素雲會說：「等你回來的時候，我應該已經被那些人逼瘋或上吊了。」

沒有待過辦公室職場的我，不能理解這當中的生態平衡問題，尤其在一個小小的系辦裡，系主任只有一個，可是努力想往上爬的助教有很多，即使素雲不刻意去爭什麼寵，別人同樣會把矛頭指向她。

「我知道妳在那邊有很多事情跟問題，我只是不希望這些要由妳自己一個人去面對。」我在電話中說。

「但問題不會等到你回來才發生，我的心情問題也不能等到你回來才解決呀！你知不知道我一個人在這裡要獨自面對多少事情？」

「我知道，我在這裡同樣不比妳好過呀，很多事情，都會讓我有鞭長莫及的無奈感，我也會很希望能幫得上妳的忙……」

「如果你眞的想幫我，眞的爲我好，拜託讓我有一點喘息的空間吧！」說完，她掛了我電話。

這種不耐，或者說是不滿，其實我是可以理解的。素雲的個性很拗，她不喜歡拖拖拉拉，也不喜歡被過度保護，對於生活上或工作中遇到的許多問題，都希望可以馬上處理掉，只是，處理的方法，她習慣用自己的，而不是別人的。

當兩個太有主張的人碰在一起，因爲距離而無法有效溝通協調時，就會出現這種狀況。所以我們總是在累積問題，累積壓力，也累積脾氣，然後冷戰，然後爭執，爭執到嚴重時，她又要覓死尋活一次。

單位裡每個月的假期共分三梯次，每個月每梯次的假期是八到九天不等，我習慣把假期固定排在第一梯次，以便於控制我跟素雲之間的問題，可以在累積到一定時間的時候回去解決。只是爲了要多讓她感受我的存在，要好好陪在她的身邊，所以每次放假回去，我變得比當兵前更少回我老家。

「我知道，你很害怕，總是太倔強，可是我以爲這樣你才接近我……」我變得愈來愈喜歡這首歌，陳昇的唱腔跟彭佳慧的嗓音都恰到好處地把歌曲的感覺給唱了出來，而除了好音樂可以讓人感動之外，歌詞的意境也把我的心情恰如其分地呈現出來。

九月的那個假期，我們發生了一次嚴重的肢體衝突。

剪輯室裡，爲了一個無聊的問題，我們吵了起來。我收假前兩天，素雲跟我提了分手。

「爲什麼？」

「我的意思是說，或許我們應該彼此冷靜一下。」她冷冷地說。

吵架不是我的擅長，我也不喜歡在爭執的過程中失去理智，即使已經到了言詞激烈交鋒的時候，我都還希望可以把道理說清楚，那可能是一個勝負，也可能是一個明白的交代。然而素雲卻不一樣，不高興的時候，她選擇安靜，連叫喚名字都三次才回一次，更遑論開口把話說清楚了。

「我不覺得我們需要的是冷靜，我想我們需要的應該是溝通跟信任。」我說。

「我很信任你，可是我發現你跟以前一樣難以溝通，而且你其實不夠信任我。」她瞪著我。

這張臉在此刻看來有點陌生，單眼皮傳遞過來的不再是往常的溫柔，嘴角也失去了平常有的微笑，我看到的是冷漠跟怨懟。

「我不信任妳？」有點啼笑皆非，我上前了一步，她卻退後了一步，我忍著心裡的氣說：「妳不相信我對妳的限制是關心，卻認定我只是想要綁住妳，想干預妳，這叫我怎麼解釋？」

她不語，只是瞪視著我。

「妳要我替妳多想一點，那妳要不要也替我想想？妳知道一個人被拘束在那樣的窮鄉僻壤裡，這個人會對他的愛情感到多麼無力嗎？」

我不知道這樣說能讓她懂得幾分，可是我知道我激怒她了。素雲伸手抹去垂掛的眼淚，她在剪輯機上重重拍了一掌，嚷著：「那你知不知道我在這裡又過著怎樣的日子？你知不知道樓下系辦裡面那些人爲了要往上爬，又是怎樣拚了命地要踩別人的頭，連我躲到樓上來都還不放過我？你再忙再累再危險，都還是躲在那個島上過你的日子，下了哨就沒你的事了，我呢？你知不知道我一天要在這裡忍受幾個小時的痛苦？」

看著她說著又流出來的滿臉眼淚，聽著她把所有的壓力跟委屈都釋放出來，我的氣忽然軟化了，輕輕地說了句：「我知道」，我想上前給她一個擁抱，然而素雲卻一把推開了我。

「你知道什麼？你以爲你知道什麼？我告訴你，你其實什麼都不知道！」

那一天下午，我們約束此生都不把手上的戒指拔下來的信諾被她打破了，素雲一把扯下了由我幫她戴上，那右手無名指上的戒指，從離我兩公尺遠的地方，朝我一把扔了過來，銀白色的戒指掉在剪輯室的地毯上，激盪不出一點聲音。

怎麼說，怎麼做也無法讓她鎮靜下來的我，激動地走過去甩了她一巴掌，抓起筆筒裡的美工刀，我在自己左手臂上劃開了長長的一條傷口，鮮血滴落時同樣沒有任何聲響。舉起手臂，我冷冷地說：「要看證明嗎？妳覺得這樣夠不夠？」

我們都脫不下倔強的面具，但卻不知道那更突顯出背地裡其實各有的害怕。

「學長，下個月你的假打算怎麼放？」學弟拿著假表來問我，當我已經是全單位最資深的士官時，我卻變成最不喜歡放假的人。

「沒關係，你們先放，你們先放。」端著咖啡杯，我走出業務辦公室。想逃離人多的地方，不想被人問起關於我的事情。

副中隊長在上個月服役屆滿五年，已經退伍了，我的役期也即將結束，剩下時間不到三個月了。

九月的那場流血爭執，爲我們換來了短暫的和平，手臂上縫了六針，看來似乎有獲得一定的報償，我把戒指戴回了素雲的手上，希望也把兩個人的心重又繫在一起。

只是這期望也未免又破碎得快了一點，當我回到金門之後，該發生的問題一樣在發生。十月開學後，換了一個新的系主任，整個人事都有極大的變動，幾個開課教授需要媒體影音支援，素雲忙得焦頭爛額，心情也跟著起伏不定，一切又像過去一樣糟糕。

我想起去年五月，我在桃園受士官訓的那些日子，剛開始發現居然可以帶手機時，我樂得一天到晚打電話，東聊西扯的也很開心，卻忘了顧慮素雲的環境是否適合。結果我們那時吵了一架，素雲要我自己自立一點，別老是依賴她，要學著自己獨立起來，不能一有風吹草動就狂打電話過去影響她上班或休息。

事隔一年多之後，這局面忽然反轉了過來，這陣子我們在電話中的爭執愈來愈多，素雲受了壓力之後，經常打電話給我訴苦，我能對她的處境感同身受，卻無法給她最直接的幫助，兩個人講到最後總不免要吵起來，現在我最常聽到的結論，是她說：「夠了，我受夠了，你根本不懂我的問題，我要跟你分手！」

如果我識相的話，我就會讓她冷靜一點，等以後再說。但如果剛好遇上我狀況頻繁，心情也悶的時候，我們會吵得更激烈，她的結論就會變成：「你想放著都不管是吧？好，你自己繼續窩在那個島上過你的太平日子，我死給你看！」

第一次聽到這樣的恫嚇時，我簡直嚇壞了，那是個金門初冬寒雨的夜晚，我著急地用手機撥打救難專線，再轉到台中當地的分局。警察跟消防隊員急急忙忙趕到台中我們的住處，發現素雲把房間裡的東西砸得粉碎，哭得不成人形。

「學長。」學弟追出來叫我。

「嗯？」

他囁嚅著，問我是不是感情的問題還沒解決。

「還沒解決就還沒解決，這有什麼大不了的嗎？」我笑著，手上的咖啡杯已經空了，讓我無法喝口咖啡，掩飾自己的無奈。

「不是，你看我們都放了兩梯假回來了，可是你到現在還在積假，規定上你在金門不能待超過六十天，而且，我們幾個都認爲，你這樣不肯回去也不是辦法……」

我笑著，環看四周的黃土綠樹，抬頭是一片秋天過去後，湛藍無雲的天空，抖擻身上的外衣，我說：「有些問題回去了也解決不了，不是嗎？」

昨晚在小金門九宮碼頭的安檢站，素雲又一次嚷著要分手，然後掛了我電話。對於愛情，我不覺得這種狠話能有什麼正面意義，或許這樣的台詞可以震懾對方，使對方屈服，或許這種衝動的言論，可以宣洩心裡巨大的不平，可是相對的，也對兩個人的關係造成了嚴重的影響。

「妳眞的認爲每次吵到最後講這句要分手的話，會讓妳心裡比較舒坦嗎？」我坐在碼頭邊，吹著冷冷的海風，又打了電話過去給她。這一年來，沒有一個月的電話費是低於一萬塊的，什麼網內互打幾分鐘內免費都不管用，吵起假來，誰還會去管他到底講了幾分鐘？

「我們現在還像情人嗎？」她反問我：「你就這樣躲在那邊快活，不管我的死活，你覺得我們像情人嗎？」她大聲質問我。

「所以呢？」不曉得爲什麼，當我終於疲倦不堪，癱坐在碼頭邊，腳都快要沾到大漲潮的海面時，我忽然有種只想全部都放棄了的想法。

「你要是不打算回來，那以後也就都不需要回來了，我會把你的東西全都寄回你家去。」

「這時候，可不可以不要說氣話？」我懶懶地說。

「這不是氣話，我在跟你說眞的。」

「分手？」

「分手。」她的語氣簡短，但飽含憤恨。

長長地吐出胸口裡的氣，我感覺自己全身都被掏空了，聽著洶湧的海潮聲，在一片漆黑的夜空裡，我說：「好，分手。」

說完，我掛了電話，那隻我們當初爲了表達情意，特別買了一模一樣，各帶一支的手機，就這樣被我奮力拋擲出去，沉入無盡的大海之中。

「現在妳和我的問題，已經不是距離，我還坐在妳的面前，妳已視而不見。」這次我再也沒有唱歌的心情了，戴著耳機，陳昇跟彭佳慧還在唱著這首我們都愛聽的歌，但我想聽歌的時候，心情應該是兩般各不同了吧。

窩在住處外面，我在等素雲回來，晚上九點是她的下班時間，最晚預計九點半會回到租賃的地方。我回到台中機場之後，轉乘公車回到這裡，一個人在附近晃盪著，還走到便利商店買了兩瓶啤酒，沒有住處鑰匙的我，只能窩在樓下吹冷風。

學弟把我的假排在最後一個梯次，距離我上次回台灣，已經是兩個月前的事情，從來只有人被罰禁閉而不能返鄉，沒想到我居然自願留營，情願割草洗廁所也不肯回來。現在礙於規定，我人是回到這裡了，卻發現原來比窩在金門還孤獨。

在等什麼呢？我跟自己說，因爲我的機車在這裡，所以我得牽我的車走，我得找素雲拿我的鑰匙，才能自己騎車回南投老家。可是其實我知道，我是想見她的，不管怎麼樣，我都想見她一面，有太多過去的記憶，她可以拋得開，我可不行。

就這麼等到十點半，一輛我分不清楚廠牌的轎車忽然駛進巷子裡，副駕駛座的車門打開時，車內燈也跟著亮了起來，那是素雲。

我撐著冷得顫抖的身子站起來，想走過去看看那開車的人是誰，但他們同時也看見我了，素雲下了車之後，快步走到我面前來，擋住我前行的路，那輛車就在我面前快速啓動，開了過去。

「那是誰？」我問。

「我朋友，你不認識的。」

「怎麼不跟我說？」

「我怎麼說？你願意聽嗎？我連你的電話都打不通了。」她說著，逕自開了門，我跟著走進來。

素雲不知道我把手機扔進了海底，我也不想對她說。

這房間現在變得好陌生，我的東西有很多已經被她打包好了，就堆放在門口玄關處。拿起以前我愛用的杯子，給自己泡了一杯咖啡，隔張我們一起去買回來的和式四方桌，我跟素雲面對面坐了下來。

「我只是想拿我的鑰匙，很久沒回來了，我想回家看我媽。」過了良久，我開口。

「嗯。」她點頭。

「不會耽擱妳太久，我喝完這杯咖啡就走。」

沉默著，看著素雲的臉，我想起很多從前，那一年多來，我們聚少離多的日子，那爭執多過於恩愛的日子，我在想，若不是當兵的緣故，或許我就可以有更多時間陪在她身邊，我們可以有更多時間一起面對彼此的問題，那麼也許今天不會走到這樣一個局面。

我問自己，是不是依然愛著素雲？這答案當然是肯定的，只是我卻怎麼也忘不了，那一晚在八宮碼頭，我終於悲傷地說分手的心情。

她緊鎖著眉頭，神情透露著我不能跨越的藩籬，那藩籬的後面，有她這一年多來承受的壓力，有我們誰也擺脫不了的悲哀。

喝了一口已經逐漸冷去的咖啡，我想再給她一點什麼溫暖，卻看見素雲手上的戒指又不見了。

「妳把戒指拿掉了？」我問。

「嗯。」

一時之間，我茫然地不知應該如何是好，在這個連是情人或朋友都分不清楚的片刻間，我能做的只是把咖啡喝完而已。而當我一口飲盡失去香純，徒剩苦澀的咖啡時，卻看到桌上有一張火車來回票的票根，地點是台中到中壢。

「妳去了中壢？」我疑惑。在我的記憶中，素雲應該沒有住在中壢的朋友，就算有，也只有一個很多年沒有聯絡，她高中時代的前男友而已。

她的臉色一閃，有股莫名的變化。

「妳去找他？」我想應該不需要指名道姓，而事實上我也不記得她那個前男友叫什麼名字。

「嗯。」

我問素雲，想知道他們是怎麼連絡上的，素雲告訴我，前陣子她回高雄老家，幾個老同學相約吃飯，這才又有了聯絡。

剩下的我已經不敢多想多問了，看著那張票根，我失去了思考的能力。

「爲什麼？」過了不知道多久，我只問了這三個字。

「我以爲……我以爲你不會再回來，不會再跟我在一起了……」她的眼淚又流了出來。

刺骨的寒風吹得我身體不斷發抖，我狂飆在回家的路上，帶著懊悔、忌妒還有憤怒交織的心情，風吹得我呼吸困難，但我知道眞正讓我透不過氣來的，是這場完完全全的悲劇。

我已經坐在妳的面前，但問題已經不再是距離，是心與心的隔閡。

那之後又之後的，都像一場暴風過後的景象，殘破而悲涼。回金門之後，我重新辦了手機，沿用之前的門號。這是我在軍中的最後一個月，剩下三十五天就退伍。

之後要去哪裡？要做什麼？我發現自己竟沒半點頭緒。有些認識的朋友問起我之後的打算，我總說：「流浪吧。」

坐在晴空爽朗的碼頭邊，風吹過淡淡的鹹味，十一月乾冷的風讓人凍結了思緒，我的回憶都在離開素雲的那一晚停格。

之後素雲打了幾次電話給我，再聽見她哭泣的聲音時，不曉得爲什麼，我竟覺得麻木。當她哭著要我別走，問我會不會再回到那地方時，我想起她睡著時也不得安穩，經常抽動身體或驚醒的毛病，心中感到一陣黯然。

很想跟她說：「會，只要妳還需要我，我都會在妳身邊。」但這話怎麼都說不出口。學弟問我爲什麼不肯復合，我搖頭：「我不輕言分手，而分手之後，我不習慣回頭。」

海天一色，我望不見台灣，以前渴望踏上的土地，現在讓我絲毫生不出回去的心。

這算是一個結束嗎？對於最後我沒有去釐清的眞相，我想那似乎並不重要了。素雲跟她的前男友怎麼了，這其實不是事情的關鍵。我們的問題在更早之前就已經存在，溝通上的失衡，自我中心的倔強身段，都讓我們不得不背棄自己曾許下的諾言。誰都有怯懦的時候，卻在最親近的人面前逞強。

我跟素雲說：「就這樣吧，我答應妳，讓妳去選擇妳想選擇的，來或走，去或留，都由得妳自己決定。」

但是我沒跟她說，我已經放棄了掙扎，也放棄了挽留，因為我知道，我能做的也太有限，無法幫她處理問題，也不能時時陪在她身邊，即便今天復合，還有三十多天才退伍，這三十多天裡又要發生多少問題呢？我不知道，也不打算知道。

又喝完一杯咖啡，這陣子我老愛等咖啡都涼了才喝完它，那麼我就會記得那一晚我離開時的感受，也會記得初見面那一晚，我們在學校附近咖啡店的開心對談，更會記得當我藏不住內心的感受，大筆寫下「風飄一頁春秋去，雨彌萬縷相思來」時的心情。

就說再見吧，喝完這杯咖啡，讓我們一起轉身，從愛情走開。

作者介紹

About

穹風，貓不聽話，天空不下雨，最愛的冬天遲遲不來。聽說經常一邊寫一邊被罵，最後只好卯起來跟全世界拚了。穹風，自己在那邊吹呀吹的，吹呀吹著。

玉山青

◎玉米虫

從知道要再去玉山那天開始，我的心裡有些害怕，但還是不能退縮，給你的答案，或許可以在那裡發現。

我知道我們的約定，所以我去，爲了過去，也爲了自己。

明天就要出發了，我一個人坐在房間裡整理行李，散落的衣物、巧克力、雨衣、毛襪，感覺好像很齊全又很幼稚，看著網站上人家寫的打包技巧，我突然覺得自己帶的東西永遠都不夠，去過一次跟沒去過的感覺好像一樣，畢竟上次去的時候我什麼也不用整理，任何事情都有人替我做好，打包、揹重裝……

唉，不想了。草草地把東西都用塑膠袋包好之後塞進背包裡，反正到時候一定有同學可以幫我，十幾個人去，一定會有可以幫助我的人吧？

「不要老是等別人幫忙，有時候妳也該長大一點。」耳邊依稀響起你曾說過的話，言猶在耳，而人……

在有限的時間裡我不要等待，要去追尋，你的腳步，我終有一天會趕上。

而過去的一切，會成爲向前進的絆腳石嗎？

我的記憶停留在那一刻，前進不了也無法後退。

我相信你，一直都相信你。你的回憶正如同你給我的體溫一樣眞實。

而我的愛已經跟著你一起埋在玉山下，再也不會回來了。

清早，我們在充滿霧氣的山區醒來，空氣很冷，走到洗臉台輕輕地把水潑到臉上，冰涼的感覺讓我整個人突然間清醒過來，用力吸一口氣，山裡的空氣給人一種神清氣爽的感覺。

走到大廳，發現大家都醒了，在穿堂裡走來走去，我相當不淑女地伸了個懶腰，覺得很舒暢。

「興不興奮？」柏惠相當有元氣且開心地問著我，一張臉寫著滿滿的期待。

「嗯！」我開心地握著她的手，希望可以從中得到一些力量，掩飾我的不安。還是會怕，來到這裡我還是會怕，但是人生總有不得不去面對的事情，一種希望自己能成長就不能不跨越過去的障礙，一種不得不去克服的思念。

嚮導用很大的鍋子替我們燒了開水，開水咕嘟咕嘟地冒著泡泡，我們開心地拿起各自的杯子舀著熱水泡咖啡，咖啡熱呼呼地冒著煙，手也變得溫暖。

吃完早餐，我們揹著各自的小背包往玉山登山口出發，大家一路上說說笑笑。柏惠帶了個同學來，是很清秀的女生，很瘦，揹著幾乎跟她一樣大的登山背包，她叫之萍，在她的笑容裡我看見了堅毅，聽柏惠說她常常利用假期去登山，難怪裝備齊全，連專業登山杖也有。

由於這段路還可以開車，所以我們的行李是被載到塔塔加小隊再各自上肩的。

「小蔓。」背後有人拍了拍我的肩膀，回頭一看，是柏惠燦爛的笑容。「我們終於又回來了。」

「是啊。」我笑笑。「回到這個地方。」

「妳還好吧？」柏惠知道我和他一路走來的路程，不知道她現在還記得多少？

「嗯。放心吧。」

看著柏惠有點擔心的臉色，我也知道或許是自己太過於緊張或害怕，畢竟從那件事發生之後已經兩年了，玉山是暌違兩年卻充滿抹不去傷痛的地方。

在玉山上，我失去了我最愛的人。

我們一路上有說有笑地往前進，兩公里的路程好像有點長卻又不算太長。

「前面就是大鐵杉了！」嚮導在前面高興地喊著。他是個很有趣的人，已經爬玉山不下兩百次，但是每次來還是很高興，看他一路上唱著歌，蹦蹦跳跳地前進，好像他背上那幾十公斤的重量都是假的一樣。

我們在大鐵杉停了一下，然後繼續前進，陽光有點隱沒，就像那天的天氣，那天我也是這樣走在這裡，不一樣的是背上的裝備與耳邊溫柔的叮嚀，如此而已。

「小蔓，不行啦？」明硯轉過頭來看著我。「怎麼突然沒了聲音？累啦？」

「沒有，我很好啊。」

「累？這時候就累的話，之後要怎麼走下去哩？年輕人這樣不行喔！」嚮導突然又從旁邊飛過。我覺得他眞的可以在玉山飛起來似的，不知道爲什麼他這麼輕盈。

「我不累啊。」我抬起頭，盡力裝出一副開心的樣子。

「不累就好。」嚮導看了我一眼。「在山裡，妳會忘記很多煩惱的。」

我笑了笑，不知道爲什麼如此輕易就被看出我不快樂，不過，我這次來的目的就是要放下一切的，我來這裡是爲了忘記他。

儘管愈靠近，他的記憶只有愈來愈鮮明。

兩年來我無法忘記的一切愈來愈接近我眼前，相似的道路、相似的景色，不同的只是身邊的人換了幾個。

走到登山口，嚮導讓我們休息十分鐘，讓大家喘口氣，順便跟玉山登山口的石頭照相留念，大家開開心心地拿出相機不斷照相，我從瞭望台看著蜿蜒的山路，熟悉的「之」字形山路像一條畫布上的細線，蔓延在遼闊的天地之間。

玉山是插在大地上的劍，哀嚎的天地嘶吼著疼痛，所以帶走那些妄想要征服的人們。

我往下看，山壁上沒有什麼植物，光禿禿的，滿佈著石子，瞭望台底下好像是懸空的，我探出身子想要看清楚。

「妳！」有股強而有力的力量把我拉開。「妳想做什麼？」

我回頭一看，是山青。山青就是居住在當地的原住民，會幫無法負擔重裝備的山友揹行李上山，然後收費。

「妳不要想跳下去。」他緊張地說著，膚色黝黑的臉此刻有點泛紅。

這時柏惠也走過來看發生什麼事情。「小蔓？怎麼了？」

「她想跳下去。」我還來不及開口，山青搶著替我回答。

頓時我看見柏惠的臉色一變，她用略帶責備的口氣對我說：「是眞的嗎？」

「我沒有，眞的沒有。」我無奈地搖搖手。但此刻的我不知道爲什麼，突然很想大笑，惹得旁邊的人嚇了一跳。

「她生病嗎？」山青問著柏惠。

柏惠無奈地看著我。「小蔓，妳等下不准離開我三步以外，我可不是讓妳來這裡陪葬的。」

「柏惠……」我停下笑，示意她不要再往下說，我不想讓大家知道曾經有這樣一件事情發生過。

就把他當作是我心裡的一個祕密，陪著我，到我停止呼吸的那一天。

我不喜歡他成爲被討論的話題，所以，就這樣，埋在心裡吧！

恍惚中，我彷彿聽見他的聲音，記得他很喜歡唱歌，唱歌時，總是喜歡把我抱在懷裡，特別是當他要出發征服另一座百岳之前，總會用佈滿傷痕的手指彈著吉他，用低沉的嗓音將我包圍，唱著一首叫「啓程」的歌。

想到達明天，現在就要啓程，只有你能帶我走向未來的旅程。

想到達明天，現在就要啓程，你能讓我看見黑夜過去，天開始明亮的過程。

他堅定地說他會帶我看見未來，但是我們的緣分，在我還來不及記住他的全部時，就斷線了。

「妳叫什麼名字？」山青突然拉住我的手。

「我叫小蔓，蔓延的蔓。」

「山裡是不是有妳要找尋的人？」

我像是被雷劈到一樣，卻還是不想說出什麼。「你想太多。」

「妳很悲傷，我看見妳的顏色，在這裡。」他比著心臟的地方。「我叫瑪拉古，叫我阿古。」

看著眼前的瑪拉古，不知道爲什麼心臟突然間又刺痛了起來。

「出發囉！不要再糜爛啦！」嚮導在前方大聲吆喝著，吆喝完又開始唱著不成調的歌曲。

「走吧。」瑪拉古將重達三十公斤的重裝揹上肩，頭上還有條頭帶勾著，那樣的色彩，是什麼的代表色？「不要怕，我會幫妳的。」

「我會幫妳。」依稀之間，我好像聽見他的聲音。

「小蔓，快來！」柏惠在前方叫著我。

我看著前方的路，突然覺得有力氣可以一個人往前走。

之字坡還是跟記憶中一樣討人厭地難走，我氣喘吁吁地爬上去，發現大家也都跟我一樣面有菜色。

「才只是開始而已，體力不好喔。」阿古在後面說笑。對他來說，爬這樣的山路一點也不難，他們幾乎每天都在玉山的路上走來走去，爬山跟走平地是一樣的。

「是啊，才開始不到五百公尺呢！」

第一個險峻的之字坡過後，就是稍微平緩的坡度，隊伍也開始拉長，每個人之間的距離都變大，變成一個一個小團體各自往上走。這時候的我終於可以邊說話邊走路，呼吸也調得比較順一點，難怪嚮導要我們早一天上山來適應高山，雖然現在呼吸還是有點難過，可是我已經開始感受到森林的氣息，那就是大地的味道。

或許那是唯一不會變，也不會消失的地方。

因爲沒體力，所以我們早早就在路邊休息，柏惠拿著之萍的登山杖在那裡戳啊戳。兩旁是高大的樹木，剛剛瑪拉古在解釋給我聽，說我們來得太早，如果四月多來，就會看見玉山杜鵑開花。

「到時候花開，滿山的花，白色粉紅色，很漂亮。」瑪拉古開心地說著。我看見他額頭上豆大的汗珠不斷往下滑落，消失在他七彩的頭帶上。

鮮豔的顏色有振奮人心的效果。

「妳在看什麼？」

「這個。」我指著他頭上的那條帶子。

「妳喜歡啊？」

「嗯。」

「送給妳。」說著，他就要把帶子給拆下來。

「不用啦！」我連忙幫他把帶子「裝」回去。「這樣你就沒有東西揹了！」

「我還有啊。」瑪拉古從口袋裡又摸出一條。「預備用的。」

我看著瑪拉古開心的神情，把那條帶子給收下，上面有他的汗水，微濕。

「啊，我流汗哩，還是新的給妳。」瑪拉古動作很快，說完話就要把東西換回去。

「不用啦，我喜歡這條。」

「喜歡的話，山下我家還有好多。」

「謝謝你。」

柏惠此時突然將我拉到一旁，賊賊地笑著。「喔，氣氛不太對喔，有點甜蜜的感覺，怎麼回事啊？」

「妳思想不純正，就是這麼一回事。」

「我說，都兩年了，交個男朋友也不是壞事。」

我無力地翻白眼。「我說這位姊姊，妳會不會眞的想太多了一點啊？」

「沒有啊，我是鼓勵妳，不要一直停留在昨天啊，妳要跨越過去，到達明天，知道嗎？」柏惠說完之後，用一種很怪的表情對我笑，然後跟之萍在那裡不知道在竊竊私語些什麼。

「走囉走囉。」柏惠跟之萍兩個人揹起行李往前走，還不忘回頭給我個 V 手勢。

「我們走囉。」

「走吧！」我看著瑪拉古輕鬆地將幾十公斤的行李「丟」上肩，腳步輕快。

我揹起自己小小的肩背包，感覺有愈來愈重的趨勢。

柏惠她們好像有意要走很快，於是我也加快腳步，盡量不要讓自己離她們太遠。沒多久，我們經過孟祿亭，同學跟老師們都在那裡休息。

「阿古，偷懶喔，走這麼慢。」嚮導在前面開著阿古的玩笑。

「沒有啦，反正慢慢走也沒關係。」

「喔，都對妹妹比較好喔，陪妹妹走哩。」嚮導還在那裡兀自開心，然後打開他巨大的背包，拿出幾瓶愛之味牛奶花生，問大家要不要吃。

眞是太驚人了，我沒想過有人會揹這個上山，我們的嚮導眞是個奇人異士。

我停下來，感覺心臟有點刺痛，卻不知道原因。

「累嗎？」之萍走到我旁邊按著我的肩。

「不是，有點刺痛。」我比著自己的心臟。

「我也是。」之萍笑笑地對我說，然後我們講起各自的症狀，才發現原來我們有一樣的毛病。

「那我們是兩個心臟病患囉。」

「對啊。」之萍穿著紅色的 GAP 褲，看起來很可愛，我也想要買一件，可惜之萍說那是她去美國買的，是童裝。

「我們這種身材在美國都可以穿童裝。」之萍很開心地拉著褲子。

「我還以爲美國人都很瘦。」

「胖的很胖喔。」之萍比了個樣子，大概有她的兩三倍大。「很多人都是這種身材。」

「太恐怖了。」

就在我們盡情批評美國人的身材時，嚮導又在前面大喊：「出發了！不要靡爛，這樣下去要走多久？現在才在一公里半哩。」

我們相視苦笑，再度把自己背包背起來。

「唉，眞重。」我邊抱怨邊揹起自己的背包，感覺有兩隻牛正把我往後拉似的。

「妳背包揹這樣不對。」阿古突然走到我旁邊。「難怪妳揹得這麼吃力。」

「不對？」難不成這年頭揹背包還有公式嗎？

「嗯。背包要緊貼著背，才不會一直把妳往後拖，很費力。」

「是喔？」

「妳這種揹法是愛漂亮的揹法。」

「噗！」我忍不住笑出來。「愛漂亮的揹法喔？」

「是錯的。」阿古的手按住我的肩膀，不太熟練地替我調整背帶的長度。

「我自己調就好了。」

「快好了。」

我低下頭看，阿古的手掌很大，上面佈滿了細碎的疤痕，整雙手充滿歷經風霜的感覺，跟他彈吉他的手一樣。

「好啦！」阿古拍拍我的背包，示意他已經弄好了。

我站在原地假意跳了一下。「果然變得比較輕耶！」然後開心地回頭對阿古笑了一下，卻看見他的臉突然泛紅起來。

「謝謝你喔。」

阿古沒有回答我，只是揹起自己的背包，在我身後沉默地走著。有時候我爬不上陡坡時，會感受到他在背後輕輕地用手推著我的背包。

這種感覺，會讓我想起過去的一切。

那種有人在背後守護的感覺。

每隔一小段路，眼前就會出現懸在空中的橋，雖然那是前人費盡心血換來的，但我還是討厭走橋。每次走過去時往底下看，都是空空如也，雖然沒有懼高症，卻也有點腿軟，那種無法控制的害怕，害怕在自己走過去的那刻，橋會突然斷裂，我就這樣跌下山。

不斷地告訴自己，橋眞的很堅固，眞的不會出事，可是卻還是得一步一步很慢地踩過，確定橋面是穩定的，才敢繼續往前踏。

「妳會怕喔？」阿古在後面開口。

「一點點。」明明很怕，卻還是死撐著，這習慣眞是不好。

「不要往下看就好了啊！妳看我都不看的。」阿古講得一派輕鬆自然。

「你當然可以不用看，玉山跟你家後院沒有兩樣，可是我不一樣，如果不看的話應該會死得更快吧。」我繼續用我的老太婆速度緩慢前進。

「不會掉下去啦，我會拉住妳。」

我停下腳步回頭看他一眼。「你最好可以拉得住我，我才不相信你在那一大包之外還顧得到我。」

他笑開了。「我可以把它們丟掉啊。」

「騙人。」

就在這一來一往之間，原本緊張的氣氛也沖淡許多。不知不覺，我們四個人就自成一個小組，柏惠跟之萍在前面，我跟阿古在後面，一路上這樣聊聊，好像也感覺比較輕鬆，累歸累，至少還有人一路陪伴。

就這樣一路往上爬，隨著高度愈高，心臟的情況好像也比較難以掌握，我看之萍也不時停下來深呼吸，大概也是這毛病。

「妳還好嗎？」我拍拍之萍。「我有帶藥，要不要吃？」

「不用，謝謝。」

「眞的不用嗎？」之萍的臉色有點蒼白，胸口不停起伏，看起來很令人緊張。

「不用，我休息一下就會好。」

幫之萍把她肩上的行李卸下，讓她坐下來喘口氣。柏惠也挺擔心的，雖然之萍之前也常爬山，不過她說她爬的都是兩千公尺以下的山岳，還沒有爬過玉山這樣的百岳，因爲她知道自己心臟不好，來這邊或許會比較辛苦。

「雖然辛苦，但是還是想來。」之萍這樣說著：「就算會這樣死掉，也覺得很值得，因爲我一直都很想來這裡。」

聽完之萍的話，有種很熟悉，又好像很遙遠的感覺。

在我腦中響起他的聲音：「雖然爬百岳很困難，很累，有時候在山上都懷疑自己爲什麼要這樣虐待自己，飯也不能好好吃，覺也不能好好睡，每天這樣風吹雨淋，還會被雷打，想睡的時候窩在睡袋裡，從地面傳來的冰冷卻不斷刺著身體，這樣的生活過久了，還眞是會讓人毫無鬥志，有時候也想過，是不是該放棄。」

我還記得他當時的眼神，充滿堅定的力量。「不過你還是會愛上山，愛上在那樣的辛苦之後所換來的果實，當你站在山頂上看著大地，看著你一路辛苦走來的痕跡，之前的痛苦都變得不重要了，那一刻的心情，我想只有愛山的人會懂。」

「只有愛山的人會懂。」我複誦著他說過的話，想起他每次談起爬山時的興致勃勃，以及燦爛的笑容。

每一天，都有一些事情將會發生。

每段路，都有即將要來的旅程。

他的歌聲，又同時浮上腦海。我想，或許這首歌在告訴我，每一天我們都要面對各自不同的旅程。所以我應該往前，把他放在我的心裡，自己去面對明天。

「加油吧，等我們到了山上，就會發現值得。」我對之萍微笑。「因爲，所有的辛苦都會變成很美好的回憶，相信我。」

講完之後想起他，想起跨越不了的過去，不知道爲什麼覺得眼眶很熱，眼前一片迷濛，眼淚就無預警地掉了下來，連我自己都嚇一跳。

「小蔓？」之萍先發現，然後柏惠衝了過來。

「小蔓，怎麼了？」阿古也跑過來。「妳很不舒服嗎？跟她一樣不舒服嗎？」

我沒有說話，眼淚卻止不住，你說過要帶我到達未來，我不想自己一個人。

柏惠將哭泣的我擁進她溫暖的懷裡。「我知道的，我知道的，放心哭吧，哭過之後就可以不這麼難過了。」

是嗎？哭泣後眞的可以不那麼難過，眞的可以把過去都放下嗎？

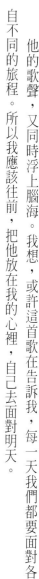

「把他放下吧，妳這樣子不會快樂的。」柏惠的聲音也有點哽咽。「我們都知道妳難過，但是沒有人知道該怎麼讓妳走過去。兩年了，難道妳還要守著他，守著過去嗎？我相信他一定也希望妳可以幸福，而不是伴著他的影子，終日難過，不是嗎？這些話我講了再講，妳也聽了很多遍了，但我還是希望妳能夠眞的做到，我們今天再來，不是要讓妳掀開過去的傷口，而是要讓妳知道，有些東西一直都在，像我們。」

聽完之後，我努力抑制眼淚，抬起頭，看著柏惠、之萍還有旁邊一臉不解的阿古，心裡面有種暖暖的感覺在蔓延。

我還有這些朋友，雖然玉山曾經讓我失去了我最愛的人，今天我終於還是踏上這片土地，這片曾經奪去我最愛的人的土地。

我應該要快樂，我知道他希望我快樂。

「不要哭了，往前走吧。」阿古拍拍我的肩膀。「人生嘛，就是要快樂。妳剛剛聊天的時候很開心啊，這樣很好。」

揹上自己的裝備，僵硬的氣氛就這樣突然重重地壓了下來，壓得我們都喘不過氣，我們安靜地走著，空氣裡只剩下粗淺不一的喘息聲跟沉重的腳步聲，而笑語，卻是消失了。阿古沿路還是會介紹玉山的各種植物，只是我們都沒有再開心地對話了。

從遠處看來，正在登山的人到底有渺小呢？

我邊想著這個問題，邊往上爬，而排雲山莊，好像一步一步地接近了。

到達排雲，下午休息了一陣子之後，大家興致勃勃地要往西峰去，我則因爲心臟不適而留下休息。阿古跟我一起在排雲休息，他本來說要帶我去另一個大家都不知道的漂亮地方，可是我說我真的已經沒力氣再走了，於是抓起睡袋就自顧自的睡覺。

這個覺睡得香甜又安穩，認床的我第一次睡得這麼熟，醒來之後，好像全身都不聽使喚似的，頭也微微疼著。瑪拉古的背包在我旁邊，那條鮮豔的頭帶在我眼前晃著。

把睡袋整理好之後走到外面，看見幾個不認識的人在那邊喝茶聊天，好像認識的人都跑去西峰了。

柏惠本來不想去西峰，因爲她擔心我自己一個人留在排雲不知道會出什麼亂子，怕我想不開之類的，後來經過本人與阿古的再三保證，才一路碎碎唸地出發去西峰，臨走之前還不忘交代阿古：「把小蔓看好啊！回來發生什麼事唯你是問。」

「知道知道。」阿古開心地笑著。

看見阿古的笑容會讓人覺得世上好像沒什麼煩惱一樣，就這麼開心，眞好。

我胡亂地洗了臉，雖是黃昏，水的溫度卻還是偏低。這邊的水可以生喝，所以我拿水瓶裝了水，坐在排雲前面的木桌上，看著金黃色的夕陽。

也許是很久沒靜下心來看天空，也許是高山上的黃昏特別美麗，看著夕陽，感覺好像被夕陽吸住了一樣動彈不得，只能痴痴地看著眼前的色彩，慢慢地渲染開來。

大地，是上天的畫布，恣意揮灑皆是美景。

我就這樣看著看著，腦袋一片空白，什麼也想不起來，只想往前走，往前走，想要離這片美景更近一點。

或許，再近一點，就可以抓住夕陽。

「妳又在幹嘛！」突然一股力量將我往回拉，我整個人驚醒過來，這才發現阿古站在身邊。

我呆呆地看著他，手臂傳來的痛說明阿古剛剛的用力程度。

「妳想做什麼？」阿古喘著氣，額上有汗珠冒出來，表情有明顯的緊張跟……不悅？

「我在看夕陽啊。」我無辜地指著身後的夕陽，這時候天空已經變成紫紅色，豔麗非常。

「看夕陽爲什麼一直往前面走？」阿古指著地，我才發現，若自己再跨出兩三步就是山壁，掉下去的話，應該會殘廢吧。

「我不知道。」這時候我才瑟瑟地發起抖來，想起自己剛剛的行爲就像是自殺。「我不知道，我想離夕陽近一點。」

聽了我的話之後，阿古緊張的神色好像才放鬆下來，他抓著我的手，把我帶到桌子的另一邊坐下。「山就是這樣，當你專注地看著她時，她就會把你往裡面吸，讓你往下掉，永遠都跟她在一起。山，很美卻又充滿危險。」阿古嘆了口氣。

我們沉默了，夕陽的顏色也漸漸被厚重的藍黑色給取代。

等到負責煮飯的山青把菜端出來放到桌上時，柏惠他們也從遠處吆喝著出現了。柏惠跟之萍兩個人的笑容好像掩蓋了所有疲憊，她們開心地笑著，講剛剛往西峰一路上的趣事給我聽。

「有一段竟然要攀岩壁，我看到腳都軟了。」

「西峰很不好看。什麼都看不見，就一塊牌子寫著西峰，柱子上有標高而已。」

「那邊還有廟，不過我沒下去。」

「回來的時候一邊走一邊看夕陽，覺得好漂亮，比上次從排雲這邊看夕陽還漂亮。」

「好啦，其實西峰也不錯啦。」

「肚子好餓！哇！飯菜好了嗎？」

柏惠跟之萍兩個人一搭一唱，最後全副的心思還是轉移到桌上的臉盆，臉盆裡裝的都是我們今天晚上的菜，因爲蓋著，所以很神祕，可是大家回來之後都忍不住打開來偷看，然後彼此呼喊著好餓好餓。

吃飯的時候，柏惠問我下午我在幹嘛，我說我睡到她們回來之前才醒來。阿古看了我一眼，不過沒有拆穿我。

柏惠聽完之後放心地繼續吃飯。大家吃飯的速度眞的很驚人，我想是因爲大家都很餓了吧，所有的菜被一掃而空，連用來爆香的蔥也不放過，總之大家把所有可以塞進嘴裡吃的都吃下去了，這才各自拍著圓滾滾的肚皮說聲滿足。

吃完飯大家收拾好之後，把行李打點打點，各自換個衣服，就準備要睡覺了，因爲明天三點要起床準備攻頂。

躺在床上，大家一邊抬腳一邊聊天，雖然開心，卻擋不住一陣陣湧來的疲倦，一個個陷入夢鄉。我因爲下午睡了個覺，所以不是很睏，便跑到外面看星星。

晚上的天氣其實不錯，可以看到很多星星，只是沒有看見美麗的銀河，有點小失望。沒有光害的山裡，應該是星星最能散發光芒的地方。

今天除了我們這團之外，還有幾團零散的登山客，他們好像還充滿活力，四處走動說話，讓我在黑暗的夜裡感覺還有人陪。

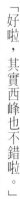

「妳不睡覺嗎？」是阿古，不知道又從哪個角落冒出來。

「下午睡飽了。」

「星星很少。」阿古看我一直抬頭仰望天空，也跟著一起看起來。

我沒有說話，我們就這樣靜靜的，直到空氣愈來愈冷，霧氣也開始飄近，星星的光芒變得模糊。

「進去吧。」阿古拉著我。

「阿古，我以前的男朋友就是在這裡消失的。」我看著遠方，聽說夜裡會有鬼魂出來相會，不知道他會不會來？「他叫育中，很愛爬山，兩年前他上玉山，就在這樣的夜裡，他一個人帶著小背包，說要去看山羌，結果就消失了，消失在玉山裡。我在排雲發了狂地等，誰勸都不肯下山，直到幾天後他們把育中帶回來，冰冷而僵硬地帶到我面前。」

我開始發抖，卻意外地流不出眼淚。「兩年了，人不能總是一直沉溺在過去，這兩年我很不快樂，這份不快樂也影響到我周圍的親人跟朋友，所以我想來這裡向育中告別，跟育中說，我必須跳脫這些才能夠繼續往前走。」

我就這樣自顧自的說著，也不管阿古是不是在聽。「我到現在還是愛他，不過這樣的愛並不會讓我快樂。育中那天要去看山羌的時候，對著想陪他，卻不敢去的我說，不要擔心，他一下子就會回來，叫我要開心一點。他應該會希望我忘記這些痛苦的，不是嗎？」

阿古脫下外套，披在我身上，「爲什麼要告別呢？妳不快樂是因爲他，所以要跟他說再見嗎？但我卻不這樣想，我認爲正因爲有自己想要做的事情，所以才更不能忘記過去，過去的一切才是讓自己變得更堅強的磨練。」說完，阿古拍拍我的肩膀，「睡覺吧。」

我跟著阿古走進房間，鑽進自己的睡袋中，想著阿古說的話。柏惠在睡夢中翻了個身，喃喃的不知道在說些什麼。

應該很累很疲倦的夜，我竟然沒有睡意。

三點，準時起床，吃完早餐之後，大家輕裝簡便，往攻頂的路上出發。

雖然已經做好了心理準備，知道攻頂的路很難走，我卻沒想到山路一開始就很陡峭，接連而來的上坡路，鋪滿了碎石跟大石，走沒多久，我已經渾身是汗、氣喘吁吁。

阿古今天早上說要一起攻頂的時候還被嚮導虧。這時候我心裡已經隱隱知道阿古對我有些不一樣，因爲他其實很少陪人攻頂，不過他昨天跟我說會陪我上去，看看天地。

眼前只有自己的頭燈發著光，點亮我的路，這時候我不禁想，如果是一個人來的話，會是什麼樣的感覺，是孤獨，還是一個人的征服？

還好怕黑的我一路上都有朋友陪伴著。有柏惠，有之萍，還有一路上都不太說話的阿古，用他最直接的方法在幫助我。

我們不斷往上爬，彼此間已經很少交談，只是感覺自己的汗水滑下。愈靠近山頂，風愈來愈強，溫度也愈來愈低，呼出的氣都變成了霧。

過了往北峰的叉路之後，離山頂已經很近，這時候天已經微微亮，往玉山頂還有最後的幾百公尺，抬頭一看，只見一條條的鐵鍊從地上竄出，還搭配著偶爾幾根被拉倒的鐵柱，就在我們眼前張牙舞爪。

我們眞的要這樣上去嗎？

這時候，發抖的我，一步一步，抓著鐵鍊往上爬。冰冷的知覺襲來，就算戴著手套，那寒意也能輕而易舉地穿過所有裝備，直直傳進心裡。

這時候的天色已經亮得足以看見眼前的景色，因爲在風口，風很大霧很濃，我們可以藉著霧的飄動，清楚地看見風的方向，風是由下往上刮上來的，力道強勁。

其實我站在那裡就很感動了，這時候我才眞正知道，原來登山的感覺是這樣。在上山之前我很排斥的一切，到這裡忽然都值得了，我終於看見山的力量。

我們繼續往上爬，抓著冰冷的鐵鍊，一步一步往上踩，每踏一步，就離山頂更近。最後一步，我看見阿古在我眼前伸出的手，我看著他，伸出手握住他的，感覺他穩穩地將我帶上去。

我登上了玉山頂！第一次體會到育中說的感覺，那種力量跟感動，我終於知道了。站在山頂，我有種想要落淚的感動，雖然這麼冷，雖然這麼累，但是上來之後，一切疲累都不算什麼了。

山上的風吹過，清晰地讓我聽見自己的心跳，伴隨思念他的心情，微微疼痛著。

育中，我來了，來到你的身邊。

而這樣的思念，也該到了盡頭。

柏惠跟之萍走到我身邊牽起我的手，也牽起阿古的手。「看，太陽快要出來了。」

我微笑，是啊，就算霧這麼濃，就算雲層很厚，太陽還是會穿過這些障礙，散發出光芒。不管境遇多麼艱難，最後能讓自己發光的，都只有自己而已，不是嗎？所以不要自己束縛了自己。

太陽慢慢地升起來，大家在山頂歡呼，又叫又跳，興奮地拍著手，然後跟寫著「心清如玉，義重如山」的石頭照相。

柏惠跟之萍去照相之後，阿古並沒有放開我的手，他轉過頭對我說：「不論過去有多麼美好，人都得活在現在，我相信妳可以很快樂的。」

我笑而不語，金黃色的陽光，慢慢地灑滿了整座山頂。

我想，你說得對，想到達明天，現在就要啟程。

作者介紹 About

Cornbug，中文名稱為玉米虫，經常出沒地點為永恆的國度，著有《學姐》等長篇作品及無數短篇。

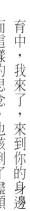

櫻花雨

◎瑪奇朵

風一吹過，花瓣隨風踮尖、旋轉，優雅地漫舞，然後落地。

一直嚮往看到櫻花雨的我，想不到來到京都，別說是櫻花了，甚至是櫻花雨，都隨處可見。

離開永觀堂時，雨仍然下得非常大。

我和崇維並肩撐傘，朝京都著名的哲學之道緩步前進。一轉進哲學之道，我完全傻眼。這條砂石小徑的兩旁，滿是櫻花，潺潺流水聲，不絕於耳。我感覺自己像是走進一條粉紅色的長廊，如夢似幻。

「好美喔！」我忍不住驚嘆。

崇維望向我，溫柔笑著。

這是我和崇維頭一次單獨出遊，沒想到便隔海遠赴異地，我想，不知情的人或許會誤以爲我們是一對不折不扣的情侶呢！

但事實上，我和崇維不過是談得來，交情不錯的好朋友。

只是不可否認的，在某些程度上，我相當依賴崇維。

和崇維認識，是因爲一個巧妙的機緣。

大學剛畢業不久，我順利應徵進入一家廣告公司，擔任廣告 AE。因爲是頭一份工作，自然沒什麼工作經驗可言，只能認命演好菜鳥的角色，把持住多聽、多看、多做、少說的原則。要是遇上前輩們故意刁難，或是擺出老鳥的蠻橫架式，儘管心裡恨得牙癢癢，還是努力要求自己裝傻到底，笑得燦爛如花。正所謂「士可辱不可殺」嘛！留得青山在，不怕沒材燒。我不要自討沒趣地強出頭，讓往後的日子更難過。

有天，一家公司相當重視的客戶表示，希望製作公司形象廣告。當天，我臨時受命，陪主管一同前往爭取。這個大展身手的難得機會，我自然不會輕易放過。然而，正因為急於表現，我反倒緊張得頻頻失態。一句無心的話，引來對方高層不悅，我當場搞砸了這筆生意。

黯然返回公司，途中，隨行主管已經痛罵一路。緊接而來的，是進入辦公室後，同事們的冷言冷語和看好戲的落井下石。

我的心情已經不是跌到谷底能夠形容。挨主管痛刮的羞憤、對自己竟會犯下如此嚴重錯誤的自責與沮喪，宛如一個觸發點，牽引出打從進入公司以來曾遭受的委曲、無奈、不平……種種情緒吞噬了我。沒來得及等到回家，我早已忍不住衝上公司頂樓，放聲痛哭。

我大肆宣洩情緒，直到似乎再也擠不出一滴淚，心情才覺得稍稍平復。哭過之後，眺望遠處的山景，我呆呆發愣，任由涼涼微風吹拭臉上殘餘的淚水。

突然，手機鈴聲大作。我看看顯示螢幕，是一組從未見過的陌生號碼。猶豫幾秒，我按下接通鍵。

「喂？」我掩不住濃濃鼻音，沒好氣的。

「嗯……」對方先是一怔，然後有些遲疑，「請問是陸以喬小姐嗎？」

「嗯，我是。」我忍不住一陣哽咽，吸吸鼻子。「請問您是？」

對方尷尬地輕笑，接著說：「我是捷元實業的顧崇維，今天下午我們見過面。」

「是是是，顧先生！」我連忙打起精神。騰出一手，往臉上胡亂來回擦拭。

「妳還好嗎？」對方小心翼翼，關心地詢問。

他的問話，讓我有些難為情。一時間不曉得該如何回答。原本已經漸漸平息的懊悔情緒，似乎又開始鼓譟起來。

「下午的事，妳別放在心上。」等了一會，不見我回答，對方逕自說：「我後來仔細想過，其實妳考量的出發點是對的，只是有些細節我們需要再進一步討論。」

「真的嗎？」我的自信心已經磨損殆盡，不免有些半信半疑。

「是啊！」被我這麼一問，對方的回答，帶著莫名笑意。

我這時才驚覺，自己的行為愚蠢至極。心底喃喃咒罵起自己，居然把不專業的一面呈現在客戶面前，忘了自己的身分。

好險對方似乎不以為意，約好再次見面討論的時間，便禮貌地掛上電話。

接下來，歷經幾次深入討論與協調，我們的努力終於沒有白費，總算獲得客戶認同、得到滿意的答覆，並且確定簽約。

能夠順利接下案子，崇維功不可沒。於是簽約後，我主動約他吃飯，算是答謝。

崇維是個風趣、好相處的人，那頓飯局，我們聊得非常開心。因為和他相當談得來，我們便逐漸熟稔起來。崇維足足大我五歲，工作上的經驗自然比我老練許多，因此，很多工作上遇到的問題，我都會向他請教，聽聽他的看法。各種疑難雜症，崇維總是認眞地爲我分析，有問必答、毫無保留。有這個幕後軍師的協助，我在工作上一下子成長許多。公司主管和同事們對我刮目相看。慢慢地，崇維成爲我的良師益友，工作、生活，甚至是私人感情，我們幾乎無所不談。

「這條疏水道就是日本京都鼎鼎有名的哲學之道。」聽著潺潺流水，我和崇維並肩走在櫻花林下。他開始當起導遊似的介紹著：「這段小徑是延著琵琶湖疏水渠道而建的，差不多有兩公里長。因爲西田幾多郎等哲學家偏好來這裡散步、沉思而聞名。妳現在看到的這些櫻花，」崇維在我眼前信手一指。「是日本畫壇的鬼才，橋本關雪夫人所栽植的，所以也有人稱它叫關雪櫻。」

崇維的博學多聞，讓我折服。在他身上，總有挖掘不完的驚喜與寶藏。

我不吝嗇地向他投以崇拜的目光，問他怎麼會知道這些？

「這裡，我來過好幾趟了。」崇維笑著解釋。

我不可思議地再度看向他。

他回看我一眼，低頭笑著繼續說：「我每年三四月左右，固定都會來這兒一趟。無論如何都要排出時間，讓自己從工作中出走。到這裡透透氣、聞聞花香，好好沉澱。」

我靜靜聽著崇維的話，不由得佩服，更羨慕起他，佩服他是如此坦然、忠實地面對自己想過的生活，更羨慕他勇於追求的堅持與執著。

我坦白告訴崇維心裡這個想法。他笑而不語，沉默了好一陣子。接著，他臉上難掩悲傷，悵然地對我說，他曾經有位交往七年的女朋友，她一直很想到京都來看看櫻花。

可是當時，崇維將全部的心思都投入工作，對於她的要求，視若無睹，雖然口頭再三應允承諾，卻始終沒有實現。

我認眞聽著崇維敘述。這是他頭一次主動和我談起他的感情世界。

崇維說著，流露出凝重、哀傷的神情。他告訴我，女友後來意外發生車禍，不幸過世。這件事，帶給他很大的打擊，也完全顚覆了他的價値觀。女友驟逝，讓崇維體會到人生無常。「失去心愛的人，就算工作表現一百分又如何？」崇維問自己。他終於認清，工作的目的應該是以幸福人生爲前提。於是，他要自己每年都做一件有意義的事，不管是工作或是旅行、玩樂，他成爲標準「Work hard, play hard」的人，常帶著旅遊雜誌和幾本書，就自己一個人到陌生國度亂逛、亂闖。

崇維說，當他第一次踏上京都的土地，獨自走進哲學之道時，眼前紛飛的櫻花，讓他忍不住哭了。他終於實現女友長久以來的願望，卻無法和她並肩欣賞，只能悼念。

內心百感交集時，他忽然想起，一位女歌手唱過的歌曲。

「剛剛風無意吹起，花瓣隨著風落地，我看見多麼美的一場櫻花雨，聞一聞茶的香氣，哼一段舊時旋律，要是你一定歡天喜地。」崇維回憶地輕輕哼起幾句。

我安靜看著他，聽他敘述完這段傷心往事，心裡不免跟隨著旋律，感傷起來。

「喂，發什麼呆啊？」半晌過後，崇維提起精神，伸手輕拍我的額頭。

我擠出淺淺笑容，緩緩搖頭。

「不過，」好一會，崇維轉頭看向我，笑容裡帶著難以分辨的詭譎。「這回，眞正該沉澱的主角換成妳囉。我只是來作陪的。」崇維調侃著。

我對他翻翻白眼，沒有理會。

這時，雨似乎漸漸停了。我伸手向外探。確定雨停，便逕自從傘下走開，把崇維留在身後。往前踱出幾步，在一株櫻花樹下，我駐足欣賞眼前唯美的風景。徐風微微輕吹，櫻花花瓣或是由天而降，飄落到清澈無比的溪流，順流而下，或是靜靜醉躺在地上，化作春泥。看著這麼美麗的櫻花花瓣凋落飄零，我心裡不禁又一陣嘆息。

崇維說的沒錯。這回，他的確是專程帶我來日本散心。

隔海遠渡，為的是逃離台北膠著、錯雜的感情。

說到感情，崇維常罵我又笨又傻。說也奇怪，我一向對崇維的建議唯命是從、奉若聖旨，獨獨感情，卻始終堅持自己的想法，表現異常固執。

念書時，我熱中於社團活動，是學生會的幹部之一，其他成員還包括育生、小曼、阿凱、郁蓓、秋美、小黑六人。大家來自不同的班級、系別，經常聚在一起策畫、舉辦各式各樣活動、慶典，進而培養出有如革命情感般深厚的友誼與默契。我們幾個人在社團活動中表現活躍，在校園裡，出盡鋒頭，算得上是家喻戶曉、小有名氣。

三男四女的團體組合相當詭異。往往只要我們四個女生連手串通合作，就可以輕易操弄所有議案結果。男生們就任由我們使喚來去。女生負責設計活動、想點子、出餿主意，男生就專門負責「粗活」，舉凡租場地、搬道具、畫海報、跑腿宣傳等，全是他們的工作。除此之外，假日還必須充當我們的司機，開車載著我們四處玩樂。當時，七個人聚在一起吵鬧、鬥嘴是家常便飯，常常半夜一通電話，大家又全湊在一塊談天說地，天南地北聊個沒完。要是有人遇上麻煩、受委屈，大家一定全力幫忙，相互打氣、安慰，感情好得沒話說。

忘了從什麼時候開始，我發現自己的眼神總是不經意地跟著育生打轉。

育生內斂、沉著，高大俊挺的身子遮掩不住他濃厚的書卷氣。不知不覺間，他紳士般優雅溫柔的笑臉，深深擄獲了我。我在意他的喜怒哀樂，關心他的舉手投足。

明白自己的感情之後，在他面前，我無法一如往常般自在。只要他一走近身邊，我往往會手足無措。有時話才剛到嘴邊，接下來要說些什麼，自己已經忘得一乾二淨。我提心吊膽著，深怕自己暗戀育生的事實東窗事發，因而無法泰然自若。

偶爾，他無意投來一記微笑或是一句關心，就足夠餵飽我內心小小的虛榮和滿足。接連好幾個夜晚沾沾自喜，帶著笑意，香甜睡去。

我喜歡他，卻始終沒有說出口的勇氣。在感情世界的攻防戰中，我處於被動地防守一方，不擅攻城掠地。於是這份感情，直到大學畢業，仍然被我牢牢鎖在心底最深處。

和崇維熟識之後，我毫不保留地向他全盤傾訴這段苦澀心情。

清楚整個始末後，崇維不只一次鼓勵我向育生表白。

「我就是說不出口。」我低下頭，聲音壓得低低的。「我怕說出口之後，和他連朋友都做不成！」

「妳不用顧慮這麼多，」崇維努力向我諫言。「爭取自己的幸福，並不是一件可恥的事啊！想想看，如果因爲妳一時的躊躇而失去一段本該美好的愛情，這不是一件很遺憾的事嗎？」

話是這麼說沒錯，但是我實在沒有辦法鼓足勇氣踏出一步，即使我在心裡曾經無數次揣想和育生之間的種種發展。就算跟育生表白了又如何？也許草草開始一段兩三個月混亂的愛情後，才深刻地察覺彼此根本不適合，接著黯然分手；也或者，表白心意後，落花有意流水無情，豈不又跌入另一個更深的僵局？無論發展成哪一種結果，我唯一能預料，也可以肯定的是，我和育生必定會因此而漸行漸遠，往後可能連一起吃頓飯都覺得尷尬、彆扭。所以我決定什麼都不做，什麼都不說。就繼續和育生維持好朋友的關係。其實，這才是最貪心的想法！我告訴自己，戀人可能只是一時，但是朋友卻可以做一輩子。我貪心地選擇後者。

畢業後，育生、郁蓓、阿凱三個人繼續攻讀研究所。我和其他人則選擇立即投身職場。大家各忙各的結果是，往後每次相約聚會，全員齊聚的要求於是變得苛刻。最後，每次聚會出席的基本成員，永遠只有我、育生、郁蓓和阿凱四個固定班底。

一次聚會結束後，郁蓓意外地向阿凱坦白表示，她喜歡育生。熱心的阿凱二話不說，決定全力支持，同時不忘邀我一起加入撮合郁蓓和育生的行列。我逃避不了也不能推辭，只好跟著扮演起媒人的角色。我努力掩飾自己內心的痛苦，勉強裝出興致勃勃的模樣，與阿凱和郁蓓他們一塊討論計畫的進展。

接連幾個星期，阿凱更是勤於號召聚會。席間，他總是刻意安排育生和郁蓓並肩而坐，或是拉我一起藉故離開，留下他們兩人單獨相處。一切看在我眼裡，再怎麼不是滋味，都只能強忍嚥下，放任著心裡的酸楚不管，強顏歡笑地逢場作戲。每一次，我口是心非地爲郁蓓加油打氣時，說出口的每一句話，都像利刃深深刺入心裡，接著用力劃開，一道一道……我可以清楚感覺紅色濃稠的液體，不斷一點一滴地往下滑落，然後逐漸麻木，直到失去知覺。

暗戀育生，整整六年啊！無數個夜裡，我在心裡狂叫、吶喊著自己對育生的情意、愛戀。但此時此刻，我只能硬生生地全部吞嚥下去，不准出聲。

「從沒看過像妳這麼笨的女人！」崇維得知我竟然幫忙湊合郁蓓和育生時，先是一副不可置信的驚愕模樣，接著，他便開始不斷地責罵我傻，氣我如此荒謬。

「那妳自己怎麼辦呢？」崇維坐在我面前，連續灌了好幾杯白開水下肚。「妳甘心就這樣眼睜睜地把自己喜愛的人往外推，拱手讓給別人？」他緊盯著我問。

我始終不發一語，無力也不想爲自己多辯解什麼。任由他在我面前，吹鬍子瞪眼睛，氣急敗壞乾著急。

某個週末下午，我待在家裡沒有出門，竟意外接到育生的電話。他問我有沒有空，想和我見個面。我有些納悶，猶豫一會，隨即就答應他。

之後，育生開車載我往天母的方向駛去。一路上，我們多半保持沉默，沒什麼交談。我靜靜看著車窗外的路樹、車輛逐一向後退去。隨後，車子駛上陽明山。我心裡開始醞釀起許多問號，想開口問育生，話到嘴邊，又隱忍下來。我察覺出，育生今天似乎不太對勁。最後，車子駛入陽明山第二停車場。不是假日的關係，整個偌大的停車場內，放眼望去，就只有我們這一輛車。我們坐在車上，沒有下車。

四周好安靜，聽得見風吹和樹葉彼此震動、拍打作響的聲音，也隱約聽得見兩個人規律的呼吸聲。好一會，育生重重吐出口氣，看起來心事重重。接著，他突如其來向我表白，說他喜歡我！

我瞠目結舌，難以置信地僵直身子。他是認眞的嗎？他也喜歡我？眼前這一刻，是我一直夢寐以求的！我哭笑不得，一連串震驚夾雜著欣喜，在我心裡大肆翻騰、攪和。原來一直以來，不是我單方面在暗戀，原來，他對我也有相同的心情！

欣喜若狂的情緒沒有停留太久，接踵而來的懊悔隨即將它全數淹沒。現在才知道育生也喜歡自己會不會太晚？郁蓓已經早先一步表示自己的心意。我也曾經不只一次地，在郁蓓面前拍胸脯保證，信誓旦旦地說要促成她和育生。面對育生的告白，我本該滿心驚喜地接受他的感情。但時至今日，一切已經完全走樣，不再單純地只有我和育生兩人而已。現在，就算知道育生也喜歡我，那又如何？難不成要完全無視郁蓓的存在？就算理由再怎麼充分，要我丟下郁蓓的感受不顧，就這麼順理成章地接受育生的感情，我做不到。我覺得自己像瞬間跌入自掘的無底深淵，在友情和愛情兩端，拉鋸、煎熬。

最後，我強忍住幾乎淹到眼眶邊緣的淚水，努力維持著笑容，向育生說出抱歉。我的回答，讓育生像頭敗仗而歸的公獅，頹喪得提不起精神。同一時間，我的內心完全崩潰，我低下頭，沒有勇氣再看他。緊閉雙眼，我壓下快要決堤的淚水，心口悶脹著發痛。我緊咬著唇，告訴自己，千萬不能在育生面前掉淚，不能讓他發現我內心眞正的聲音。緊接著，我也開始嘲笑起自己。曾無數次經揣測和育生會有的結果與發展，但終究人算不如天算，眼前這一切，是我始料未及，從沒想過的。

育生黯然送我回到家後，我不加思索，立刻把崇維找了出來。

崇維開車來找我時，我已經紅腫著雙眼，一臉哭過的疲憊。

車子沿著東北角海岸一路前進。在車上，我將事情經過一五一十地告訴崇維。原以爲他會像先前那樣，把我痛罵一頓。出乎意料的，他什麼話都沒說，只是安靜開著車，聽我用濃重的鼻音，一字一句地娓娓述說，並不時伸手疼惜地摸摸我的頭。最後，車子在面海的路邊一隅空地停了下來。

我疲累地看著擋風玻璃外，波濤起伏的海面。雙眼紅腫，神情呆滯。

育生在山上對我說的每一句話，現在仍然清楚地在我腦海中盤旋。如果時間順序能夠重新調整編排，可能今天，我和育生會有不同的結果。

如今事已成定局，我只能宿命地接受命運既定的安排。從此以後，對於育生的愛戀心情，就深深地在心裡劃出一道開口，將它全部滿滿地擠塞進去，再不留痕跡地緊緊縫合，完完全全封存在我內心深處。或許有一天，再度開封時，它會變成一段不痛不癢的泛黃記憶。

身邊的崇維始終保持安靜，陪著我坐在車裡，看著面前時而平靜，時而波浪起伏的海面。

整整一夜，直到天色半白。

喀嚓一聲，我還來不及反應，崇維不知何時已經走在我前頭，在我面前迅速地按下快門。

「喂，你幹嘛？」我對著他喊，抱怨他突如其來的舉動。

崇維吐舌裝傻，完全無視我的抗議，逕自轉身繼續往前走。

「妳餓了沒有？」走了幾步，他轉身問我。

經他這麼一問，我才發覺自己的肚子是有點咕嚕作響。

我摸摸肚子，笑著對他點頭。於是我們步出哲學之道，隨便選間店家用餐。店裡滿滿的都是日本人，幾乎沒有多餘的座位。最後，我和崇維跟兩個日本人湊合著坐在同一桌。挑好位子，我們又走到店外去看食物的模型，然後我看著崇維一邊比手畫腳，一邊用很破的日文，把我們想點的東西，說給老闆聽。

「笑什麼！」我在心底暗自嘲笑崇維時，正好被他發現。

我搖頭晃腦繼續笑，不理會他狐疑的眼神。好險日本老闆很快就端來了我們點的壽喜燒。

「哇！」我忍不住興奮地大叫，在台灣時，我就一直很想嚐嚐日本口味的壽喜燒。

我發現老闆端來的，除了一鍋湯鍋和白飯之外，還有一碗生蛋。我不禁納悶著，印象中，在台灣吃的壽喜燒，好像沒有這個。

「這碗蛋是要做什麼的啊？」我小小聲地湊近崇維的耳邊問。

「水煮蛋啊。」崇維不加思索地回答我。

我恍然大悟地點頭，隨手就把蛋往滾燙的鍋中丟，準備煮熟來吃。不料我這個舉動竟引來崇維的捧腹大笑，同時我也發現，與我們同桌而坐的兩個日本人，也是一臉詫異、憋笑的表情。

仔細一看，我才注意到，鄰桌的日本人是將肉直接沾生蛋吃。

「喂！」我轉向崇維，又好氣又好笑地瞪著他。可惡！居然被他給耍了。崇維看著我，仍然笑個不停。

酒足飯飽後，我們在附近又買了烤麻薯吃。接著，崇維拉著我去搭公車，準備往下一個目標——東本願寺出發。

走進東本願寺，所見的御影堂相當壯觀。滿地的鴿子，成群結隊地圍成一大片。崇維帶著我在這裡隨意亂逛，享受在台北所沒有的乾淨街道和近乎奢求的寧靜。

回到飯店時，已經八點多了。

我和崇維的房間面對面，隔著一條長廊。我們互道晚安後，便各自推門進房。

洗完澡，我一動也不動地躺在床上發呆。來到京都已經三天，每晚回到飯店盥洗之後，我都是這樣靜靜地躺在床上，直到不知不覺地入睡。

我望著天花板，想起一星期前在台北發生的事，心裡的刺痛和沉重感，仍舊清晰地橫互在原地。

那天，崇維陪著我看了一整夜的海，徹夜未闔眼的他，直到隔天中午，才載著體力不支的我回家休息。

幾天後，崇維忽然問我，有沒有興趣一起出國散心。我沒有多加考慮，便爽快地答應了。辦妥相關手續，我和崇維倆就這樣飛到隔海的日本京都，展開爲期八天的異鄉旅程。每天，用完飯店提供的早餐後，崇維便拉著我走過複雜度極高的日本地鐵地下街去搭 **JR**，或者帶我轉搭公車，四處亂逛。接連幾天，我們已經參觀了京都好多景點，像是南禪寺、哲學之道、二條城、東本願寺、清水寺、高台寺、知恩院等。走訪過許多日本神社以後，我也學會了日本人參拜神社的方式：要先投錢，然後敲鐘，擊掌兩下，接著才可以合掌說出心願。

這天，我們順著寧寧之道走到圓山公園時，裡面已經是非常熱鬧。我終於見識到日本人爲了賞櫻花而要先來佔位置的熱忱。

周邊有許多攤販在叫賣著。我和崇維在公園裡隨便找個位子坐下，一邊讓自己的腳好好休息，一邊東張西望地看著日本人。他們有的是朋友相聚，有的是家庭聚會，還有一堆老人家的聚會，其中有些人甚至已經開始喝起酒來，有的則是玩著牌，然後互相畫得滿臉都是。我看著眼前這有趣的一切，忍不住忘懷地笑開來。

「這幾天，妳就現在笑得最開心。」崇維對我說。

我伸直雙腿，回他一笑。

「你去過幾個國家啦？」我隨口問他。

「接近三十個吧！」崇維的回答讓我咋舌。

「眞的假的？」我半信半疑。這趟日本之行，可是我頭一次出國呢！

「眞的啊！我沒有騙妳。」我的質疑引得崇維發笑。

歷經女友驟逝，生活態度全然改觀的他，立下這輩子至少要遊訪八十個國家的心願。他說他喜歡一個人自助旅行，從不跟團，這樣他才能夠隨性地四處閒逛、逗留，認眞感受當地不同的文化與風情。太商業性的走馬看花對他來說，並不適合。

我好奇問他，八十的數字是怎麼來的。

「全世界總共有一百多個國家。所以我折衷，像切西瓜一樣剖開一半。」他笑著說，露出難得一見的傻氣。「世界上有那麼多國家，就算花上一輩子也去不完。所以我決定，每年至少都要安排兩三趟旅行，放下工作，去各地走走，像充電一樣，身心都能夠獲得滿足，也會覺得輕鬆、踏實許多。再投入工作，會更有衝勁！」崇維頓了一下，彷彿在思索什麼似的，接著又繼續往下說：「人生短短數十年，如果只爲了工作，庸庸碌碌地過完一輩子，等到年紀大了，走不動也玩不動了，才發現什麼回憶都沒有留下，」他轉頭看我，認眞地問：「妳不覺得，這樣很可惜嗎？」

我點點頭。盯著眼前的崇維，心裡不禁想著，他過世的女友，如果看到他現在的轉變，應該會感到高興，也會覺得安慰吧。

「那你去過哪些地方了？」隔了一會兒，我像個小學生，又冒出疑問。

崇維一一細數著，希臘、埃及、北非、捷克、土耳其……盡是一些我印象中較冷門的國家。

「那，哪個國家令你印象最深刻？」我繼續發問。

崇維笑著，耐心地一一滿足我所有的好奇。

他說他上一趟旅行的地點是吳哥窟，當地許多天然的特殊景觀、自然界的鬼斧神工，在在讓他震懾於大自然無形的神奇力量，益發覺得自己的渺小。

我靜靜聽著崇維敘述他豐富的旅行經驗，眼前侃侃而談的他，神采奕奕，顯得格外耀眼。

♫

今天是我和崇維在京都的最後一晚。明天一早，我們就要搭乘早班飛機飛回台北。晚上回到飯店，梳洗完畢，我便開始進行整理打包行李的工作。整理到一半，我的房間門鈴驟然響起。房一開，崇維笑容滿面地站在門外。到日本這些天，這是崇維頭一次來按我的門鈴。

「要不要到外面走走？」他問我。

我笑著點頭，接受他的邀約。走進房內，隨手抓件小外套，便和他往外走。

我們在飯店附近，隨意散步。

「妳心情好一點了嗎？」走過一段路後，崇維忽然問我。

我低頭沉默不語，沒有給他肯定的答案。

我不曉得怎樣才算已經平復。只要一想起育生，我的心還是會揪扯著發痛。可能還需要再長一段時間吧，或許半年，也許一年，長得足以讓我心底那道傷口癒合、結痂，然後褪去它原本鮮紅的色澤。

「給妳！」崇維冷不防地拉起我的手，在我手心上，放下一個祈求戀愛幸福的御守。我記得這個。這是我和他逛春日大社附近的店家時，他買下來的。

「這個御守，我可是認眞地加持過了喔！」崇維對我說，玩笑中帶著認眞的口吻。「希望它能夠爲妳帶來幸福。」我淚水盈眶，握著手裡的御守，感激地望向崇維。

他的體貼與善解人意，讓我感動良久。

隔天一早，我和崇維準時抵達機場，隨後搭機返回台北。

飛機上，短短兩個小時左右的飛行，我意外地睡得十分香沉。醒來時，我發現自己整個人居然倚靠在崇維身上。

我旋即坐正身子，尷尬地偷瞄了身邊的崇維一眼，見他仍闔眼沉沉睡著，我才安心地鬆口氣。然而，接下來的發現，讓我更是吃驚，我看見自己的手竟然和崇維的手牢牢地緊握著！

回到台北後，我輾轉得知育生赴美的消息。

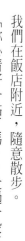

我飛往日本散心之後沒多久，他便停下攻讀到一半的學業，任何朋友都沒有通知，就獨自飛往美國。阿凱打他手機聯絡不到人，撥到家裡，一問之下，才知道他這個倉促的決定。

或許，這是育生選擇逃避的方式吧！

我不願多想，也不希望將他赴美的決定和自己牽連上關係。我告訴自己儘量別再去碰觸任何關於育生的事。

從日本回來以後，將近一個多星期的時間，我和崇維都沒有再聯絡，偶爾想起飛機上和他雙手緊握的畫面，我還是會覺得臉紅心跳。

某日下午，我收到崇維寄來的E-mail。

打開信件，映入眼簾的，是當時在哲學之道，崇維趁我不注意時拍下的照片。相片中，我獨自站在櫻花樹下，緊皺著眉頭，想著什麼似的，神情若有所思。

視窗再往下拉，我看見崇維打下的一段話。

今年的京都，對我而言，格外特別。我在哲學之道，意外發現一位對著粉紅櫻花獨自發愁的女孩。看她憂傷的模樣，我於心不忍。我想將她抱入懷裡，想爲她塡補傷痛。但我什麼也沒有做。因爲我深怕一不小心，驚觸了敏感、纖細的她。於是，我小心翼翼地隨伺身旁，聽她嘆息、看她傷神，卻苦無良策。我很想問，鏡頭前的這個女孩，明年此時，妳還願意和我重遊舊地嗎？我更想問，往後的每一天，妳願不願意讓我陪伴身旁，帶給妳歡笑，帶給妳喜悅？就算流淚，也是因爲擁有幸福？

我不禁啞然，我從沒注意到崇維對我的這份心意。

關掉信箱，我沒有給他任何回覆。崇維這封意外的信件，讓我無所適從。

儘管我沒有任何回應，崇維仍然逕自對我展開一波波的熱烈追求。

感情上剛大病未癒的我，難以招架崇維溫柔、風趣、體貼、呵護的窮追猛打，於是，幾個月過去，崇維如願以償地收服原本頑強抵抗的我。

我們交往了三年。每年春季，崇維都會帶著我重遊京都舊地，再賞春櫻。

他帶著我四處嚐遍、發掘美食和新奇的事物，和他在一起的每一天，他總是有辦法創造出一連串的驚喜，等待我去發現。

崇維相當寵愛我，呵護備至地將我捧在手心疼惜著。在他綿密無私的愛情滋潤下，我走出了之前的陰霾，像重獲新生的幼兒，每天生活得快樂且滿足。他的深情與付出，我默默看在眼裡，感謝的心無可言喻。

很長一段時間，我始終沒有育生進一步的消息。幾次聚會裡，大夥還是會好奇地胡亂臆測他當時倉皇出走的原因。我多半靜坐在一旁，聽著他們一言一語地揣測、推論，沒有答腔參與。隨著時間一點一滴地流逝，偶然想起育生，我知道，心口的疤痕仍靜靜躺在原地。

假日的台北東區街頭，車陣川流不息地向前直行。人潮熙來攘往，熱鬧得就連街邊轉角的咖啡店都跟著沾光，三五成群的客人坐滿小小的店面，濃郁的咖啡香、淡淡的烤鬆餅味，再加上此起彼落的聒噪嘻笑，店裡頭顯得相當熱鬧而充實。

角落靠窗的位子，上演著宛如電視影集「慾望城市」的現實生活版。四個穿著流行、打扮入時的女人，佔據這塊地盤幾乎整個下午。從工作一路談到彼此的家庭或是感情生活，興致依舊盎然，一點結束的意思也沒有，一路嘰嘰喳喳講個沒完。

我、小曼、郁蓓及秋美幾天前就約好出來喝下午茶。大家聊到畢業後不久，就選擇踏上紅地毯的小曼，不免又是一番調侃。當時，口口聲聲喊著抱定獨身主義的小曼，工作沒多久就突然宣布決定結婚，讓大夥豈止出乎意料，簡直是跌破眼鏡。

「唉唷！幹嘛又要糗我，」小曼有點難為情。「看看我女兒，都會走路了呢，驕傲吧！」臉上的紅暈還沒褪去，她馬上換上一臉得意洋洋的表情，接著用手肘推推坐在身旁的我，「喂，妳也加油點，該結婚啦！」

我笑而不語。郁蓓和秋美在這一年也已經陸續出閣，唯獨我，仍舊單身。

「妳再拖下去啊，小心變成高齡產婦！」小曼一臉威脅地對我說。

我吐吐舌，不以爲意，自顧自的啜飲著我的花茶。

「唉唷，現在三十好幾才生頭一胎的多得是，怕什麼呢！」秋美跳出來幫我解圍。我馬上向她投以感激的眼神。

「這妳就不懂。」已經升格當媽的小曼，儼然一副過來人的模樣，就連說話的口氣，都十足像個經驗豐富的長者。「妳沒聽說過優生學嗎？女人當然是要愈早生小孩愈好哇，這樣品質才會優良嘛！」

「呵呵，我想崇維的品質應該不會差到哪去啦！」郁蓓打趣地說，同時調皮地向我眨眨眼。

秋美湊熱鬧地連聲附合。兩個人故意調侃，換來我一記白眼。

「那跟男人沒有關係，」小曼不死心，繼續說教：「妳們看，現在小喬都二十七了，要是明年順利和崇維結婚，也已經二十八。除非結完婚馬上懷孕，不然等過了黃金年齡，別的不說，光是卵子的新鮮度就差遠了……」小曼語不驚人死不休，就在這時，她的手機突然響起，剛好打斷她的高談闊論。

小曼連忙伸手進包包裡尋找鈴鈴作響的手機。我、郁蓓和秋美三個人一副總算解脫的模樣，有默契地互看彼此一眼，用眼神傳達表示，慶幸這通電話來得正是時候。

「嗨，育生！」小曼熱情地和來電者打招呼。這個名字傳進我耳裡，不禁令我心頭一震。我別過頭，視線看向窗外的車水馬龍，有些晃神。

育生回國了嗎？已經三年多沒見到他了。這些年，他過得好嗎？

「我們四個人都在啊，今天可是我們的女人聚會日呢！」小曼一邊說，一邊笑著看向郁蓓她們。她關心地問起育生的近況，也向他報告大家的狀況。接著，她像個特派記者似的，拉拉雜雜地向育生報告我們今天所有行程，以及整個下午討論了哪些事，甚至包括在這通電話前，對我「曉以大義」到一半的話題。

「我問你，我說的有沒有道理？」小曼尋求支持似的問他。

這時，我轉回頭看向小曼。我實在忍不住心裡好奇，想知道對方會如何回答。

「你別一直傻笑嘛！」小曼得不到直接贊同的答案，不滿地抗議。

「嘿！妳這樣趕鴨子上架，不公平吧！」秋美隔桌拍拍小曼的手。

小曼看看她，不置可否，繼續追問著育生，對方在電話中不曉得對小曼說了些什麼，「眞的啊?!」小曼突然拉高音量大喊，引來隔壁幾桌客人的側目。

郁蓓和秋美連忙示意她收斂點，要她降低分貝。小曼點點頭，拉開手機，對著大家壓低嗓子，卻難掩興奮地喊：「育生後天就要從美國回來囉。而且他要結婚了，日子訂在下個月初。」

全桌又是一陣驚呼。

我則是一臉震驚地看著小曼。育生要結婚了？我在心裡喃喃自語。

這是早晚都會面臨的事實，我早該有心理準備的。然而突然聽到這個消息，我還是有點不知所措。

郁蓓和秋美從對座湊身向前，不斷對著手機的傳聲孔向育生連聲道喜。接著，小曼將手機移向我，貼近我的左耳。「育生，恭喜囉！」我努力用一種興奮的語調說出祝福，同時卻有種很深很深、近乎空洞的感覺，從我心底漸漸蔓延，心，直向下墜。

我還來不及聽到育生的回答，手機就被小曼給移了回去。小曼跟育生約好等他回國後，大家再相約出來見面，爲他接風，同時，許下他結婚當天大家一定打扮美美、準時出席的承諾，便結束了通話。

之後，女人們討論的話題當然圍繞在育生身上。我靜靜聽著她們七嘴八舌，並沒有參與討論。

我的思緒正一點一點緩步往上拉升，飄散在空氣中。和著濃濃的咖啡香，馥潤甘醇中有更多的苦澀。

四個女人瘋鬧一整天後，才精疲力竭地甘心回家。

崇維開車來接我。在車上，我告訴崇維，育生要結婚的消息。他看了我一眼，沒有表示什麼，不過卻一直緊握著我的手。我們一路安靜，兩個人似乎各有所思，沒有交談。

車上，崇維正播放著女歌手江美琪的專輯。崇維非常喜歡聽她的歌。他說，她的歌聲聽起來乾淨、自然，十分舒服。

回到家，我癱坐在梳妝台前。育生要結婚的消息，始終在我腦海裡縈繞不去。

隔了一會兒，我起身走向書櫃，拿出一本已經泛黃，幾近破舊的本子。接著，我想起什麼似的，又走向CD架，從裡面翻出一張忘了被我封存多久的CD。

育生赴美後不久，我無意間從廣播中聽到這首曲子。隔天，便到唱片行將它買回家。這首歌，曾經陪伴我度過無數個低聲啜泣，和怎樣也止不住鹹濕淚水的夜晚。我將CD放入音響中，播放，然後再慢慢踱回梳妝台前坐下。

你去遙遠的地方，換來傷心還有著想念，
其實告訴你，認識你的那一天開始到現在，
捫心自問，打開心裡深處就是愛你。

當歌曲的旋律揚起，漸漸地，原本以為早該遺忘的記憶，隨著音符的跳動，緩步倒流回腦海，褪成灰白的顏色，變得清晰可見。

翻開眼前的記事本，這是大學時我們七個人之間相互傳閱、塡寫的留言本。許多心裡的話、想法，或是有感而發的文章與笑話，全都可以在這個本子裡得到抒發或分享。

我隨意翻著，裡面密密麻麻的文字或插畫，瞬間映入眼簾。眼前這篇，是阿凱所寫的，內容敘述他對未來的種種抱負，以及希望自己能有所作為的期待。在這一面的空白處，有的人寫下祝福，有的則用插畫表示支持，也有人開玩笑地寫下，一定會等他成功再來攀龍附鳳之類的字句。看著當時單純的大夥，我不禁莞爾。

再翻過一頁，裡頭意外夾著一張全體出遊時拍下的相片。有人扮鬼臉，有人裝正經，有人笑彎了腰，有人是笑得合不攏嘴……我仔細地看著相片裡的每個人。這是大三那年拍的吧，我不太肯定地思索著確實的拍攝時間。大家那時候都好年輕喔！我忍不住驚嘆。隨著視線慢慢移動，我看到相片中當時的自己。最後，站在我身後的育生讓我停住了視線。看著那張熟悉的臉龐，我望得出神。

事隔多年，沒想到，育生在我心裡，還是佔有一定的份量。得知他將要結婚的消息，重重的失落感，在我心裡油然升起。

育生回國後，大家約好時間，難得全員到齊地爲他接風。

本以爲育生會帶他未婚的妻子一同出席，介紹給大家認識。沒想到，他是自己一個人獨自前來。幾年不見，育生除了更成熟穩重之外，並沒有太大的改變。

飯局裡，大家的焦點全圍在育生身上。聽他娓娓敘述他在美國發生的一切，以及如何認識未婚妻的經過。期間不時有人插進來發問，我則安靜地坐在一旁，靜靜聽著育生的話，心裡百味雜陳。偶爾，和育生不經意視線接觸，他自若地朝我微笑，像個老朋友般。在他臉上，我察覺不到任何特別的神情，彷彿當年在陽明山上向我表白的那個男生，已經遠離。我悵然若失，接受自己被育生徹底遺忘的事實，但是心底仍然無法釋懷地隱隱作痛。

接連幾天，我都心神不寧，完全提不起勁。除了出門上班之外，我哪裡也不想去。回到家就直接把自己關進房裡，緬懷過去，掉入歷史的時空裡。

好幾天，就算是崇維也被我擋在門外，置之不理。

面對崇維，我莫名其妙地變得煩躁不耐，我開始藉故和他爭吵、挑他毛病，處處看不順眼，似乎是要將自己內心失落的情緒轉嫁到他身上，換成另外一種形式宣洩。我知道這樣對崇維並不公平，可是我像著了魔一般，沒有辦法控制自己的情緒。

對於我這樣的無理取鬧，崇維始終一味忍讓。我無視他的包容，一步步得寸進尺地不斷挑釁、試探他忍耐的底限。

終於，我達到目的，我惹得崇維再也忍無可忍。

「這一切全是因爲育生吧？」崇維一語道破我內心的祕密。

我無可否認。隨後，他自己找到解答似的，瞭然點頭。

「知道他要結婚，妳還是沒有辦法接受，是不是？」崇維問我，銳利的眼神在我臉上四處游移。

「妳能不能清醒點？」隔一陣子，崇維對著我大喊：「不要再鑽牛角尖了好嗎？」

我還是不發一語，充耳不聞他的祈求。

「我眞的很難過，」見我沒有答話，崇維臉上滿是痛苦與失望。「難道這幾年，我付出的還不足以讓妳忘了育生嗎？」

面對崇維的質問，我無言以對。

最後，崇維只能無奈地轉身，開車揚長離去。

看著他的車子漸行漸遠，我這時才開始懊悔自己的任性。

崇維對我的愛和關懷是無庸置疑的，他爲我付出那麼多，即使知道我心裡另外有個人存在，仍然不在意地堅持守護在我身邊。而我，卻予取予求，將一切視之爲理所當然，彷彿無視於他無私綿密的愛意。

我覺得自己對崇維太過狠心……

風一吹過，花瓣隨風踮尖、旋轉，優雅地漫舞，然後落地。

這是我第五度來到京都。

我獨自一個人走在砂石小徑的櫻花樹下。

那天，和崇維大吵過後，崇維駕車離開的途中，因爲車速過快，車身在轉彎處打滑，衝撞向對面車道，然後翻覆……

事情發生後，任憑我傷心欲絕、悔不當初地痛哭失聲，都再也換不回崇維。沒有留下隻字片語，記憶中，我清楚看見崇維離去前，神色哀傷、滿臉失望的模樣。

參加過崇維的後事，我獨自飛到日本。

這一次，就只有我一個人，身邊沒有崇維的陪伴。

我想起之前和崇維在這條路上並肩散步的情景，恍若隔世。

回憶中，崇維曾經在這裡，趁我不注意時，偷拍下我的照片。想起他的高談闊論，想起他遞御守給我的那晚。我的淚水，不禁又佔據整個眼眶。

這個祈求戀愛幸福的御守，我一直放在身邊，然而它似乎沒有為我的愛情帶來預期的好運氣。是我自己不懂得珍惜！我責怪著自己。就算再美好的幸福降臨，沒有好好把握，仍舊難逃與它錯身而過的命運！

我忽然想起，崇維在這裡哼唱過的歌。

命運，插手得太急，我來不及，全都要還回去……

跟隨回憶，我不禁哼唱一段。多麼諷刺，我心想。淚水隨著旋律，逐漸滑落臉龐。

這個春季，哲學之道變得格外感傷。

微風徐徐，由天而降，飄落的櫻花花瓣，像似正低聲啜泣。

作者介紹

About

瑪奇朵，喜歡喝咖啡的女生，生活環境跟創作一點關係也沒有，只是偶爾心血來潮，喜歡寫些生活小故事，分享對愛情的體驗。

影子天使

◎Vela

闔上了隨意從書架上取下的第七本愛情小說，突然覺得很膩了。太多幸福的結局，捧在手裡總覺得很沉重。書店外是三十四度C的人來人往，店裡面安靜的冷氣正強。翻書頁的聲音在這裡就好像是一種收銀台之外孤獨的吵雜，很多人都在寂靜的空氣下閱讀著寂寞。

來來回回漫無目的地在書架之間又走了幾趟，我拿起暢銷書榜上，侯文詠的《危險心靈》，想起了他曾經說過的話：「這是她喜歡的作家，原來妳也喜歡啊！」

聽他這麼說的時候，我笑而不語。接著他說了她喜歡侯文詠的原因、說了她看過侯文詠的哪些書、說了她向他談起侯文詠的眉飛色舞、說了……

但，說到最後，他從沒問過我爲什麼喜歡侯文詠。

也或許，我永遠都只是她的影子，把我看得與她相像的他，也因此就認爲我喜歡侯文詠的原因也跟她相像吧！

想著想著，不禁有種心酸的感覺。嘆口氣，我走到自動門前。「啪」的一聲，自動門開了，我跨出書店大門，重新回到三十四度C的城市溫度之中，手掌心卻有一絲翻書時殘餘的惆悵。

這時天空要下雨，我們笑得很勉強，像是最後的遊蕩，把淋濕的風欣賞。

街頭幽幽地傳來那英的「我不是天使」。

我回過頭尋找音樂的來源，回憶卻彷彿在街口等我般，唱著天使離開時的驪歌。

這首歌是她離開他時，他曾在我面前唱過的歌，也是我離開他時，最後一次唱給他聽的歌。

走進播著這首歌的 NET 服飾店裡，我在裡頭隨意晃著，然而其實我的目的只是聽著這首歌的惆悵旋律，想念在旋律之下的，他的臉孔。

第一次看到他的時候，他端詳了我很久。

我不明白他在看什麼，只覺得很疑惑。

「好像喔，怎麼會這麼像？」他歪著頭。「妳有一雙跟嘉紋好像的眼。」

神經病！大花痴！爲什麼沒事要拿我跟嘉紋學姐比較？眞是莫名其妙的人！這是我對他的第一個印象。

後來我才知道，原來嘉紋學姐是他的女友，可是，他爲什麼要說一個第一次見面的女孩子像他的女友？眞的是很無聊。

然而，跟他認識的時間愈久，聊得愈多，我卻發現我對他愈注意，愈想知道他周遭的一切，等到我發現我已經喜歡上他的時候，也是他和嘉紋學姐分手的時候了。

那英的「我不是天使」，就是那時候，每當他想起嘉紋學姐，感覺心痛時會唱的歌。

愛就愛，不要逞強，不過是美夢一場，最後一次站在你的身旁，我藏起天使的翅膀。

我在他旁邊，聽他拿著吉他唱這首歌，不知道爲什麼，有一種想掉淚的衝動。

是因爲在替他心痛？抑或是爲了自己喜歡他的心情心痛呢？我不知道。

「妳流淚了？」他唱完之後，轉頭看見我眼眶泛紅，於是問。

「大概是你唱得太好聽了吧！」我揉揉眼睛，說：「也或許，你也唱出了我的心情。」

愛就愛，不要逞強……

是啊！如果可以，我多麼不想要逞強，我可不可以大方地承認我喜歡上你的心情？我再不想逞強，再不想逞強……

他擁抱了我，我跌進了天使的翅膀裡。

「小姐，妳要不要試穿看看，現在我們店裡的服飾都打八折喔。」店員把我從思緒中拉回眼前。

看著手裡拿起的一件純紫色上衣，我不禁莞爾，我已經好久都不碰紫色的衣服了，因爲當我穿起紫色的衣服，他總是說我看起來特別像嘉紋學姐。所以，離開他之後，我不曾再碰觸紫色，今天怎麼會不知不覺拿起這一件上衣？大概是聽了那首歌的關係吧！

「妳穿起來一定很好看！」店員小姐笑道。

「謝謝，不過，我想請問這個款式有沒有別的顏色呢？」我看著鏡子前的自己。

「有啊！還有紅色、黑色、白色三款。」

「那麼請幫我拿一件白色S號的，可以嗎？」

「好的，請等一下。」

結帳時，我問店員小姐可不可以再播放一次那英的「我不是天使」。

「妳很喜歡這首歌是嗎？」

我笑笑。「談不上喜歡，只是很想再聽一次。」

店員小姐點點頭，轉過頭去替我再播放一遍。「還是妳對這首歌有什麼特別的回憶或情感是嗎？」她問。

「回憶……是啊回憶。或許，也可以說是關於紫色與白色上衣款式的選擇。」

「咦？」店員小姐有點疑惑。

我笑著聳聳肩，轉身看著店門外的人來人往，跟著旋律唱起了天使的黯然離去。

我以為我可以用我愛他的心情，陪他走過失去嘉紋學姐的心傷與心痛；我以為時間最終可以讓很多東西都淡化；而我也以為我可以在他身邊，陪他走到一切都淡化的那一刻。

於是，當他說我跟嘉紋學姐的眼神很像的那一刻起，我不知不覺地陷入了天使的影子裡而不自知，我成了他的回憶下的影子……

他總是試圖在我身上找尋跟嘉紋學姐有關的一切，剛開始時因爲愛他，所以我不以爲意，總以爲一切都會過去，有一天他會眞的把我看成他的天使，而不是天使的影子。

我這麼想著。

他說我穿紫色的上衣時，就像嘉紋學姐一樣有氣質，於是跟他在一起時，我會特別穿上紫色的服飾。

他說起嘉紋學姐很喜歡的書籍、音樂、電影，我總是悄悄記在心裡，然後試著去接觸，我想更接近他心裡念念不忘的天使。

他說了好多好多，而我總在後面追逐。我以爲，只要我愈神似嘉紋學姐，就能取代嘉紋學姐在他心中的地位。我以爲，總有那麼一天，我跟他之間的感情可以超越他對過去的記憶。我以爲天使的影子只是暫時，而我有一天可以羽化成眞實的天使，在他身邊飛翔。

但我發現我錯了。因爲他從一開始愛的就不是我，而是天使的影子，因此，他不曾去辨認過天使跟影子之間的臉孔。

可是，即使我再怎麼神似嘉紋學姐，我依然還是我，我是活生生的人，而不是一個影子啊！

很長一段時間，我沒有意識到這樣一種活在影子下的愛情有些什麼盲點，我以爲只要我愛他，那就夠了。但，時間愈久，我卻發現，我跟他在一起的時候很不快樂，因爲我始終活在嘉紋學姐的影子裡。

每當我想起這些時，我總感到一陣莫名的無奈，最無奈的是，那時的我甚至意識不到這是一種無奈。

我最後一次站在你的身旁，藏起天使的翅膀……

離開一個人，是因爲不愛了嗎？

不，或許不完全都是這樣。有時候，愛得太沉重，沉重得不知如何是好的時候，你也就不得不離開了。

而這種離開，或許是很無可奈何的吧！

「為什麼你就不曾、也不願意試著去懂一些我愛你的心情？為什麼？為什麼你就是不願意去懂？」那天在他面前，我幾乎是喊出了這些話。當他得知嘉紋學姐要結婚的消息時，近乎崩潰，而我望著他的背影，只覺得心酸。

一個月，兩個月，半年，一年，一年零八個月……我跟他在一起將近兩年了，兩年的時間，卻無法讓他好好面對過去跟現在。

剎時間我無力了。是我不夠好嗎？還是嘉紋學姐在他心中的樣子太美麗？

我不知道，但，看著沉默不語的他，我突然覺得很累了。

是該離開的時候了吧？因為我再怎麼樣都無法成為他眞正的天使！

然而，只要我在他身邊一天，我就不得背負著嘉紋學姐在他心裡的過往。可是，我對他的愛，卻無法總是在這樣的影子下呼吸……

「她在我心中，永遠是個無可取代的痛。」最後，他這麼說：「對不起，眞的對不起……」

我沒有怪他，只安靜地點點頭，終於，我得到了一個一直不願意面對的結論。

可是，即使如此，我還是控制不了自己的眼淚。

而那英的「我不是天使」，這首當初他失去嘉紋學姐時，在我面前唱過的歌，此刻全都縈繞在我腦海中，而後，跟著眼淚一起流出。

我在他面前唱起了「我不是天使」。那是我第一次，也是最後一次在他面前唱這首歌。

他輕輕地擁抱了我，那是他最後一次擁抱我。擁抱的感覺很溫柔、很溫柔。

「我發現，我再不能欺騙自己，所以，對不起。」他說：「還有，謝謝妳……妳會不會恨我？」

我搖搖頭。

「說實在的，我希望妳能狠狠地罵我、恨我，讓我心裡好過點。」

「如果我得懷著這樣的心情離開，那我永遠都離開不了。」我擦擦眼淚，說。

我不是你的天使，也不懂你的天堂，當月光變成你的目光，我不看你過往……

是的，兩年的時間，讓我了解到我終究不是他的天使，因此我也不會懂得該怎麼在他的天堂裡飛翔。

當他眼中的我始終與嘉紋學姐的影像重疊時，或許，兩個人之間，就不會有單純的愛情。

雖然我是帶著無奈跟無力的心情離開他，但離開他的時候，我並不怪他。或許，回憶這種東西是很難去掌控的吧！特別是關於愛情那一部分，有的人可以輕易就從舊記憶跳脫出來，重新活過；但也有的人一直陷在舊記憶之中。

我想，或許他是一個陷自己於舊記憶的人，然而，我終究沒辦法活在他的舊記憶裡，扮演一個天使的影子。

所以，我最終還是選擇了在一旁祝福他。希望有一天，當我們在茫茫人海中重逢時，他已經能夠忘懷過去的傷痛，而努力讓自己活在當下。

是的，我這麼希望著，也只能這樣祝福他，用在他身邊、愛他兩年的心情祝福他，或許這是我唯一能做的了。

「我不是天使」播完了，我向店裡那件紫色衣服道別。

然後我向店員小姐道謝。

「不客氣，謝謝惠顧！」店員小姐笑道。

我笑笑，轉身走出店裡，離開影子天使的旋律。

「妳要訂婚了的這件事，他知道嗎？」好友幫我整理寄送喜帖名冊時問我。

我點點頭。接過名冊，翻閱了起來。「總覺得不管經過多久，一切都還是像昨天才發生的事一般，但仔細一數，卻又已經過了三年了。時間過得眞的好快。」

「這三年裡，妳怪過他嗎？」好友問我。

我搖搖頭。「感覺這種事很難用人的意志去控制該不該，所以我跟他在一起的那兩年，也不能怪他。只能說嘉紋學姐在他心中的地位太深刻了吧！深刻得即便是只剩下幻影般的影子，仍可以在他心中持久不散。」

「於是，他也就無法完整地給下一個人承諾嗎？」

「承諾……承諾是一個很沉重的名詞。」我笑笑。「妳知道嗎？如果當初他對我說，他會努力讓自己從失去嘉紋學姐的心痛中站起來，而後完整地面對我們之間，那麼，我會等他，不管多久我都會等他。但那時候的他，什麼話也沒說，只說他錯了、他對不起我。除此之外，他什麼也沒說。」

「於是，妳就這樣離開了？」

「嗯，」我輕輕地點點頭。「他放棄了，那麼在他身邊的我，又有什麼好堅持的呢？我想我沒有力量可以讓他完整面對自己也面對我，與其讓我們都不斷痛苦下去，離開或許是最好的路。」

「陪在他身邊兩年，妳後悔過嗎？」好友問我。

我搖搖頭。「如果我會後悔，我就不會在要訂婚的前夕跟妳說這些了。事實上，後悔的心情是無法讓人坦然檢視傷痛的。」

好友聽我這麼說，點點頭，「妳說得沒錯。」

我笑笑。「只是，他總認為他傷了我、對不起我，而不停罪咎自己。」

「罪咎自己？」

「是啊！他覺得他做錯了，他一直希望我好好罵他一頓，或是狠狠地恨他，讓他好過一點。但是我對他說，恨沒有意義，如果我的離開能讓他好好面對自己，那才是我最大的期盼！」

「但我還是很好奇，兩年不算一段太短的時間。難道他跟妳在一起兩年，真的完全只是因為妳像嘉紋學姐嗎？」

「現在去探討這些問題，其實已經沒有多大的意義了，只會讓人又重新感傷於過去的記憶，可不是嗎？」

「嗯……」

「此情可待成追憶，只是當時已惘然。」翻著名冊，我說。

好友聽我這麼說，笑著點點頭。「總之，希望妳永遠幸福快樂！」

「會的，謝謝妳。」我微微一笑。「把握當下就是一種不讓自己遺憾的幸福。」

「呵呵，妳說得眞好。」

「這是我離開他之後學會的。」我說。

♫

坐在桌前，我拿起要寄給他的喜帖，回憶也在腦海中縈繞。

愛情之中的某部分，若是跌進了不可自拔的影子裡，愛情就不會是完整的。

這道理就好像是一個影子天使永遠都不會是個能在感情裡自由飛翔的天使一樣，雖然，我與天使同樣存在於他的天堂之中，但在他眼裡，我卻永遠都只像是一個替身般的幻影。

幻影般的影子天使，是個不能自由飛翔在天堂裡的天使。

於是，最後選擇離開，不再當這樣的影子天使，而後，眞正找到屬於我的天堂，展開雙翼飛翔，或許才是最輕盈的選擇吧！

我相信他也會這樣認爲，並且祝福我的。

只是，不曉得在我離開之後，他過得如何？會不會還是一直陷在天使的影子裡出不來？

他會不會終於醒悟到影子天使的悲哀？然後想通，並且眞正用心去對待遇到的女孩，不再把她當成影子天使？

還是他仍陷在回憶的低迷之中無可自拔，直到十年二十年後仍是如此？

然而不管如何，此刻我也只能在旁默默祝福，希望他能從執著的心痛之中站起來，雲淡風輕。

想著想著，我拿著貼上他住址的喜帖信封，輕輕嘆了一口氣，將面對屬於他的寫給他的信箋，連同喜帖一起放入信封之中。

這麼多年了，你好嗎？我，就如你在帖子裡看到的，即將訂婚了。

我知道你一直對我很過意不去，也對過去的事耿耿於懷，不能原諒自己。

但是你知道嗎？我眞的從來沒有怪過你，也不曾想過要怪你。

我們之間的那兩年，永遠都會是我心底的一個回憶，如此，也就夠了。說實在的，我眞的不後悔在那兩年裡愛過你，因爲愛你這件事，就是一個難忘的，愛上一個人的心情，我很高興曾經好好愛過一個我想去愛的人，即使最後我離開了。

只是，希望有一天你偶然想起我時，也會記得，下一次，一定要努力試著、學著把握當下的幸福，畢竟，有些人事物錯過了，你就再也沒機會感受了，那會是很可惜的事。

我永遠都會祝福你，也希望有一天，當我重新見到你的時候，可以看見你牽著一個眞實的天使，走向幸福。

For you and for ever.

作者介紹

Vela，目前是廢物大學生一隻。曾出版《有種感覺叫喜歡》、《我在故事裡愛你》。最喜歡的東西是相機，最討厭的東西是壞掉的相機！

國家圖書館出版品預行編目資料

唱首情歌給誰聽／晴菜、洛心、穹風、瑪兒等著.--初版.--台北市：商周出版：城邦文化發行；民 93 面： 公分.
--(愛情主題館；008)
ISBN 986-124-196-5（平裝）
857.61 93007878

唱首情歌給誰聽

作　　者／晴菜、洛心、穹風、瑪兒等著
責任編輯／楊如玉

發 行 人／何飛鵬
法律顧問／中天國際法律事務所　周奇杉律師
出　　版／商周出版
台北市 104 民生東路二段 141 號 9 樓
電話：(02)25007008　傳真：(02)25007759、25007579
e-mail：bwp.service@cite.com.tw
發　　行／城邦文化事業股份有限公司
台北市 104 民生東路二段 141 號 2 樓
電話：(02)25000888　傳真：(02)25001938
讀者服務專線：(02)25007397
讀者訂閱傳真：(02)25001990
郵政劃撥 1896600-4 戶名：城邦文化事業股份有限公司
網　　址／www.cite.com.tw.
香港發行所／城邦（香港）出版集團有限公司
香港北角英皇道310號雲華大廈4/F, 504室
電話：25086231　傳真：25789337
馬新發行所／城邦（馬新）出版集團
Cite(M)Sdn. Bhd.(458372U)11, Jalan 30D/146, Desa Tasik, Sungai Besi, 57000 Khala Lumpur, Malaysia.
電話：603-9056 3833　傳真：603-9056 2833
e-mail : citekl@cite.com.tw

版型設計／沈志豪視覺設計工作室
封面設計／沈志豪視覺設計工作室
電腦排版／普林特斯資訊有限公司
印　　刷／鴻霖印刷傳媒事業有限公司
總 經 銷／農學社
電話：(02)29178022　傳真：(02)29516275

■2004年（民93）6月9日初版　Printed in Taiwan.

售價／160元

ISBN 986-124-196-5

請於此處用膠水黏貼

商周出版

讀者回函卡

謝謝您購買我們出版的書籍！請費心填寫此回函卡，我們將不定期寄上城邦集團最新的出版訊息。

姓名：__________

性別：□男　□女

生日：西元 ______ 年 ______ 月 ______ 日

地址：__________

聯絡電話：__________ 傳真：__________

E-mail：__________

學歷：□1.小學 □2.國中 □3.高中 □4.大專 □5.研究所以上

職業：□1.學生 □2.軍公教 □3.服務 □4.金融 □5.製造 □6.資訊

□7.傳播 □8.自由業 □9.農漁牧 □10.家管 □11.退休

□12.其他 __________

您從何種方式得知本書消息？

□1.書店□2.網路□3.報紙□4.雜誌□5.廣播 □6.電視 □7.親友推薦

□8.其他 __________

您通常以何種方式購書？

□1.書店□2.網路□3.傳真訂購□4.郵局劃撥 □5.其他 __________

您喜歡閱讀哪些類別的書籍？

□1.財經商業□2.自然科學 □3.歷史□4.法律□5.文學□6.休閒旅遊

□7.小說□8.人物傳記□9.生活、勵志□10.其他 __________

對我們的建議：__________

____

____

____

廣告回函
北區郵政管理登記證
北臺字第10158號
郵資已付，免貼郵票

100 台北市信義路二段213號11樓

城邦文化事業（股）公司　收

請沿虛線對摺，謝謝！

書號： BX7008　　**書名：** 唱首情歌給誰聽